무당신마 武當神魔

양경 신무협 장편소설

10

ORIENTAL FANTASYSTORY & ADVENTURE

dream
books
드림북스

무당신마 10

초판 1쇄 인쇄 / 2016년 3월 9일
초판 1쇄 발행 / 2016년 3월 21일

지은이 / 양경

발행인 / 오영배
책임편집 / 편집부
펴낸 곳 / (주)삼양출판사 · 드림북스

주소 / 서울시 강북구 도봉로 173
대표 전화 / 02-980-2112 팩스 / 02-983-0660
편집부 전화 / 02-980-2116 팩스 / 02-983-8201
블로그 / blog.naver.com/dreambookss

등록번호 / 제9-00046호
등록일자 / 1999년 3월 11일

ⓒ 양경, 2016

값 8,000원

ISBN 979-11-313-0498-3 (04810) / 979-11-313-0209-5 (세트)

* 지은이와 협의하에 인지는 생략합니다.
* 잘못된 책은 구입한 곳에서 바꾸어 드립니다.

이 도서의 국립중앙도서관 출판시도서목록(CIP)은 서지정보유통지원시스템홈페이지
(http://seoji.nl.go.kr)와 국가자료공동목록시스템(http://www.nl.go.kr/kolisnet)에서
이용하실 수 있습니다. (CIP제어번호: 2016005908)

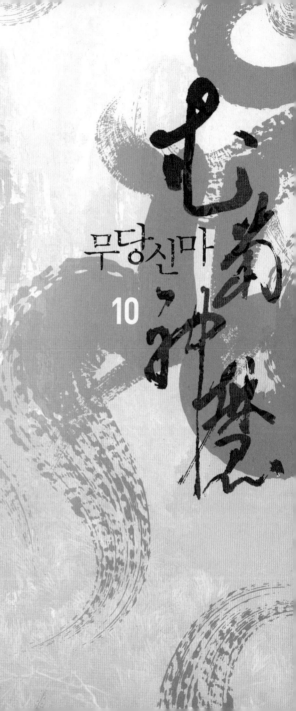

양경 신무협 장편소설

ORIENTAL FANTASYSTORY & ADVENTURE

무당신마

10

dream
books
드림북스

목차

무당신마

武當神魔

第一章

　보고 싶었다. 물론, 좋은 의미로 보고 싶었다는 뜻은 아니다.

　가능하다면 일단 쥐어 패는 걸로 시작하고 싶었으니까.

　그러나 정작.

　피를 뒤집어쓴 혜광을 마주한 지금은 선뜻 아무 말도 꺼내지 못했다.

　묻고 싶은 것이 많았는데. 따지고 싶은 것이 많았는데.

　그러지 못했다.

　얼어 버린 입술과 혀를 녹여 준 것은 우습게도 혜광이었다.

　"끌끌끌! 뭘 그리 정신 나간 놈처럼 멍하니 서 있느냐? 왜?

쫄았느냐?"

그 말이 불쑥 자존심을 건드렸다.

속에서 치밀어 오른 열기가 얼어 버린 입술과 혓바닥을 녹였다.

"쫄긴 누가요? 저 예전에 영감님이 알던 그 이현 아닙니다만?"

무당신마다. 현직 사도련주이며, 무림맹을 무너트리고 사파천하를 이룩한 전설이다. 과거 혈천신마 때의 무위를 추월한 지는 한참이다. 세상 사람들은 이현을 천하제일인으로 꼽는 데 주저하지 않는다.

예전의 이현이 아니다. 시시콜콜한 이유로 혜광에게 두드려 맞고, 눈치 보던 그때와는 사정이 달라졌다.

그러니 쫄 것 없다. 아니, 쫄지 않았다.

"뭣이? 영감? 끌끌끌! 확실히 네놈 간댕이가 붓기는 부었는가 보구나! 그래! 한동안 안 맞았다 이 뜻이렷다?"

눈썹을 꿈틀거린 혜광이 흉소를 지으며 소매를 걷어붙였다.

그것이 무엇을 의미하는지 모를 이현이 아니었다.

옛날에 많이 맞아 보았다.

"노망났습니까? 방금 말했잖습니까! 저 예전에 그 이현 아니라니까요?"

"끌끌끌! 헌데 어째 내 눈에는 예나 지금이나 똑같아 보이는 게냐? 밉상인 것도 영락없이 그대로구나!"

서로 거침없이 막말을 주고받았다.

이걸로 인사는 끝났다. 지금까지 주고받은 말들은 '오랜만입니다!', '이렇게 또 보네요.' 같은 말들과 하등 다를 바 없었다.

대충 이 정도 맞장구쳐 주었으면 이제 본론으로 넘어갈 때도 되었다.

언제까지 말장난만 하고 있을 수만은 없는 노릇이었고.

일단 주위를 훑어보았다.

다시 보아도 지금 눈앞에 펼쳐진 무당파의 풍경은 확실히 이질적이다.

"것보다 여긴 왜 이 모양입니까? 봉문한 주제에 문은 왜 열려 있어요? 죽고 싶어 환장했답디까? 피는 또 뭐고요?"

작금의 무림에서 가장 안전한 곳을 꼽으라면 무당파만 한 곳이 없는 게 현실이다.

비록 지금은 뒷방 늙은이가 된 신세이지만, 그래도 황제가 직접 봉문을 명했던 곳이다. 그로 인해 전란에 빠진 무림도, 이현과 대립하고 있는 황실도 섣불리 봉문한 무당파를 건드릴 수 없었다.

전란에 빠진 무림의 입장에서는 굳이 무당파를 건드려 황실을 자극할 필요가 없고, 이현과 대립하고 있는 황실 또한 가만히 있는 무당파를 건드려 스스로 권위를 깎아 내릴 필요가 없기 때문이다.

물론, 사파는 당연히 이현 때문에라도 무당파를 건드릴 수 없는 입장이다.

그런데 닫혀 있어야 할 문이 열려 있는 것도 모자라, 가장 안전해야 할 무당파는 온통 피투성이다.

무언가 잘못 돌아간다. 바보라도 그쯤은 충분히 짐작할 수 있었다.

그 물음에 혜광은 웃었다.

"끌끌끌! 문 걸어 잠근다고 들어오던 화가 다시 나간다더냐?"

"……무슨 뜻입니까. 그게?"

좀처럼 알 수 없는 말이다.

"황실에서 쳐들어오기라도 했습니까?"

연거푸 질문을 던졌다. 어떻게든 설명을 해 주길 바라는 마음에서였다.

"끌끌끌! 누가 쳐들어왔든 그것이 무슨 상관일꼬? 네놈은 이미 제 발로 걸어 나간 파문 제자가 아니더냐. 왜? 이제 와 없던 정이라도 생긴 것이냐?"

그러나 혜광에게서 돌아오는 건 빈정거림뿐이다.

"이 정신 나간 노인네……!"

발끈했다. 막 발끈해서 소리 지르려던 참이었다.

"나 때문이다. 열린 문도, 피투성이가 된 경내도. 모두 나 때문이다. 되었느냐?"

그러나 이어지는 혜광의 말에 멈출 수밖에 없었다.

혜광은 눈을 피하지 않았다. 번들거리는 눈으로 이 모든 것들이 자신의 탓이라고 이야기하고 있었다.

그리고.

"즐거웠느냐?"

묻는다.

이현이 미처 어떤 대답도 하기 전에, 혜광은 빠르게 뒷말을 내뱉었다.

"우스웠더냐? 그것도 아니면? 이 무당이, 세상이 등신 천치처럼 여겨지더냐?"

"그게 대체 무슨 말……!"

파도처럼 밀려드는 혜광의 물음인지 뭔지 모를 말 속에서 이현이 반문하려고 했다.

대체 무엇이 즐겁고, 무엇이 우습단 말인지조차 가늠할 수 없었다.

하지만.

"암! 우스웠겠지. 머저리 같은 놈이 제 제자의 몸뚱이에 무엇이 들어 있는지도 알지 못하고 허허 대고 있었으니 왜 안 우스웠겠느냐? 왜 아니 등신 천치 같아 보였겠느냐!"

"......!"

이어지는 혜광의 말에 몸이 굳어 버렸다.

심상치가 않다. 불길하다. 마치. 마치, 모든 것을 이미 알고 있었다는 듯이 이야기하고 있어서 더욱 혼란스러웠다.

그리고 그것은 착각이 아니었다.

"대답해 보거라! 신마여! 아니, 혈천신마라 불러 드릴까?"

알고 있었다. 혜광의 입에서 튀어나온 혈천신마라는 별호는 이미 그것을 확인해 주고 있었다.

그럼에도 바보처럼 물어볼 수밖에 없었다.

"알고…… 있었습니까?"

"몰랐으리라 생각했느냐? 내가 떼어 낸 조각인데? 이 무당에서 팔자에도 없는 도사 노릇이나 하고 있었던 이유였거늘."

알고 있었다. 처음부터 혜광은.

그렇다면.

"……왜?"

이유를 알고 싶었다. 처음부터 알고 있었다면 왜 이야기하지 않았던 것일까. 아니, 차라리 처음부터 파문을 시키든, 죽여 버리든 하지. 왜 그러지 않았던 것일까.

"써먹어야 했으니까! 네 육시랄 근본도, 네 빌어먹을 과업도

다 써먹어야 했다. 그리해서 살려 두고, 모른 척하였다. 옆에서 네놈이 어찌 날뛰는지 다 지켜보아야 했다! 그리하여 이 빌어먹을 무당에서 나를 해방시켜야 했으니까!"

망치로 뒤통수를 한 대 맞은 것처럼, 연이은 충격에 머리가 띵했다.

절로 욕이 튀어나왔다.

"……염병할!"

전부 다 알 수 없는 이야기다.

무슨 조각이니, 근본이니, 과업이니 하는 것들. 이현은 전혀 알지 못하는 것들이다. 그런 것들이 타인의 입에서 나오고 있는데 어찌 제대로 귀에 들어올까.

그나마 귀에 들어오는 것이라면 하나뿐이다.

무당에서의 해방.

그나마도 귀에 들어오기만 할 뿐 무슨 의미인지는 좀체 감이 잡히질 않는다.

'젠장! 그래 내가 생각은 무슨!'

단순해지기로 했다. 알아듣지도 못할 말 이해하려고 해 봐야 머리만 아프다.

"염병할! 딴 건 다 집어치우고 일단 이것만 물어봅시다!"

역시 이쪽이 적성에 맞다. 혜광의 속내를 파악하기 위해 머리 굴릴 때보다 제 할 말이나 하는 편이 훨씬 속 편하다.

"토끼…… 아니, 소동들은 어쨌습니까? ……죽였습니까?"

그냥 입에서 나오는 대로 지껄인 말이었다. 머리를 비우고 아무런 생각 없이 던진 질문이었으니 큰 의미가 있을 리 없다.

그러나.

"끌끌끌! 어찌했으리라 보느냐?"

피로 붉게 젖은 손을 들어 보이며 웃는 혜광의 모습을 보는 순간 의미가 생겨 버렸다.

아니, 그 순간 모든 게 간단해져 버렸다.

스-윽.

검병에 손을 올렸다.

그 모습을 혜광이 비웃었다.

"끌끌끌! 왜? 그래도 가르친 정이 있다고 복수라도 하고 싶은 게냐? 기껏 애들 몇 어찌 되었다고 눈깔에 살기가 가득한 것이, 혈천신마답지 않구나."

이현도 마주 웃어 버렸다.

"그럴 리가요. 그건 혈천신마답지 않죠."

쉽게 생각하면 된다. 어차피 혜광이 혈천신마의 존재를 알고 있었다면, 이제는 숨길 필요가 없다.

처음으로 무당파에서 혈천신마의 이름을 입에 올렸다.

"허면? 눈깔에 담긴 그 살기는 무엇이더냐?"

"그럼? 혈천신마가 눈에 현기라도 담고 있을까요?"

그리고.

혈천신마는 원래 살기로 가득 찬 놈이었었다.

그러니 살기를 담은 눈이 새삼스러울 것도 없다.

"그리고……."

"끌끌끌! 그리고?"

"갑자기 사람 한둘 죽이는 것도 이상할 것 없죠! 혈천신마라면!"

스확!

검을 뽑았다.

은빛 궤적이 혜광을 향해 날아갔다.

그리고 그 섬광을 뒤따르듯이 이현의 신형이 혜광을 향해 쏘아졌다.

"염병! 아 몰라! 그냥 너만 보면 짜증나!"

혈천신마라면 단지 짜증난다는 이유로 사람 한둘 죽이는 것쯤이야 특별할 것도 없는 일이었다.

●

*　　　*　　　*

무당파는 처음부터 싫었다. 중원일통을 이룬 혈천신마가 무당신검의 몸뚱이. 그것도 비루한 시절의 몸뚱이로 눈을 뜬 것은 지금 생각해도 짜증나는 일이다.

아니, 애초에 혈천신마 때부터 이미 무당파라면 징글징글했었다. 끝까지 귀찮게 버렸던 놈이 무당파 출신 고수인 무당신검이었으니 당연한 일이다.

혜광이 사라지고, 청수진인이 죽고. 더 이상 족쇄가 없어진 이후 아쉬움 없이 무당파를 나온 것도 그 때문이다.

그러니 아무래도 좋다.

무당파 장문인의 모가지가 잘려 장대에 걸리든, 집법당주가 돼지든.

무슨 상관이겠는가.

이미 무당파를 제 발로 걸어 나왔을 때 더 이상 상관없는 사이가 되어 버렸는데.

그런데 짜증이 확 난다.

"염병할! 내가 그것들 가르치느라고 얼마나 고생했는데!"

정말 지지리 고생하고 궁상떨며 가르친 애들이다. 목소리 조금만 높이면 울어 버리고, 수련 강도 조금만 올리면 울어 버리던 것들이다. 그런 주제에 수련 시간에는 또 더럽게 집중 못 하고 산만하게 굴던 꼬맹이들이다.

그런 놈들 사람 만들겠다고, 몸 고생 마음고생 다 했다. 미친놈처럼 수련을 놀이로 바꾸어 보려고 지랄해 봤고, 답지 않게 괜히 울컥해서 대신 변호까지 해 줬었다.

그렇게 산전수전 다 겪으면서 그나마 태극구공까지 가르쳤던 애들이다.

그런 애들 어쨌느냐니까 혜광은 핏물이 뚝뚝 떨어지는 손을 들어 보이고는 웃어 젖힌다.

애들 때문에 짜증이 나는 건지, 아니면 혜광의 밉상 짓 때문에 짜증이 나는 건지는 모른다.

아무튼 짜증이 나는 건 확실하다. 그것도 아주 많이!

어차피 이젠 눈치 볼 것도 없다.

예전과 다르다. 이제 무당파의 제자도 아니고, 무공도 그간 많이 발전했다.

더는 설설 길 필요도 없다.

그러니까 싸운다. 짜증나니까.

별달리 특별할 것도 없는 이유였지만, 혈천신마에게 그 정도면 박 터지게 싸울 이유로는 충분했다.

아니다. 애초에 언제고 때가 되면 한판 붙긴 붙어야 할 사이였다. 그러니 그 때가 언제가 되든 상관없다.

설혹, 그 때가 지금이라도.

깡!

검과 손이 부딪쳤는데 불꽃이 번뜩인다.

강기를 두르고 휘두른 검이었지만, 혜광의 거죽을 뚫진 못했다.

이쯤은 예상했다.

겨우 강기 하나에 무너질 혜광이었으면, 무당파에서 당한 그 치욕과 굴욕의 나날들이 존재했을 리 없다.

처음부터 막을 줄 알고 휘둘렀다.

"끌끌끌! 전력으로 휘둘러도 모자랄 판에, 지금 예의 차리는 게냐?"

"예의는 개뿔! 대답 잘 해! 아니면 진짜 뒈지십니다?"

검을 막은 혜광의 비웃음도 무시하고 넘어갈 수 있었다.

그보다 궁금한 것들이 많았다.

일단은 싸운다.

다만, 궁금증 몇 개는 풀고 싸울 생각이다.

하나는 좀 전에 생긴 의문이다.

"이 몸의 스승은? 알고 있었나? 내가 혈천신마라는 것!"

무당을 떠나 무림맹으로 향할 때.

별 시답잖은 충고를 조언이랍시고 던지던 그 인간이, 명색이 도사라면서 제자 주겠답시고 술을 동이로 담그던 인간이.

제자 몸뚱이에 들어간 놈의 정체가 무엇이었는지 알고도 그랬던 것일까.

혜광의 입에서 혈천신마라는 별호가 나왔을 때, 사실 그게 가장 궁금했었다.

"그 등신 같은 놈이 어찌 알았겠느냐. 알았으면 그 궁상떨고 뒈지지는 않았을 테지."

첫 번째 의문은 풀렸다. 의문이 풀리자 입가에 옅게 웃음이 번졌다.

"좋아! 그럼 다음. 스승이 죽을 거라는 건 알고 있었나?"

이제 두 번째 질문이다.

부고를 전해 듣고 가장 처음. 그리고, 가장 오래도록 품어 왔던 의문이었다.

그 질문에도 혜광은 여전히 웃었다.

"끌끌끌! 왜 몰랐을까? 내가 죽인 놈인 것을."

"……."

두 번째 의문도 풀렸다.

그러나 이번엔 입가에 옅게 머물렀던 웃음이 거짓말처럼 사라졌다.

"……좋아. 끝."

누런 이를 드러내고 웃는 혜광의 얼굴을 마주 보며 한참이 지나서야 그 말을 꺼낼 수 있었다.

이제 굵직한 의문은 풀었다.

아직 자잘한 것들이 남아 있었으나, 당장 다 물어보지는 못할 것 같다.

"……일단 나머지는 팔 하나 자르고 시작하자고."

혜광이 청수진인을 죽였다.

등신처럼 무시하고 다음 질문으로 이어 가기에는 속에서

울컥하고 치미는 것이 너무 뜨거웠다.

오랜만에 느끼는 기분이다. 과거 싸움에 미쳐 날뛰었던 혈천신마 때에나 느꼈던 기분이다.

우선, 뜨겁게 치솟아 오르는 이것을 어떻게든 뱉어 내야 했다.

스확!

다시 검을 휘둘렀다.

좀 전과는 전혀 다른 검이었다

섬 끝이 세싱을 단절시킨다.

그리고 단절된 틈새의 균열 속으로 소용돌이가 휘몰아쳐 들어갔다.

이현의 검은 혼원살신공의 시산혈해를 펼치고 있었다.

*   *   *

허공에 큰 파문이 생겼다. 천지사방에 휘몰아치는 바람은 하나하나가 날선 칼날과 같았다. 연이은 충격파가 공간을 휩쓸고 지나갔다.

그리고 그 속에서 혜광은 상처 하나 없는 모습으로 튀어나왔다.

쑤욱!

그리고 손을 내뻗는다.

머리를 향해 내뻗는 혜광의 깡마른 손길에 이현은 허리를 젖혀 피해 냈다. 코끝을 스치고 지나가는 혜광의 손길로 전해지는 바람은 거칠기 짝이 없었다.

이현도 가만히 있지 않았다. 허리를 뒤로 젖힌 동시에 발을 뻗었다. 나선을 그리며 하단과, 중단. 그리고 상단으로 이어지는 삼연각의 현란함은 혜광의 눈을 어지럽혔다.

그러나 혜광은 대수롭지 않다는 듯, 슬쩍 한 걸음 물러서는 것만으로 간단히 이현의 삼연각을 벗어났다.

그리고 이번엔 반대로 혜광이 발을 내뻗었다.

이현의 삼연각이 끝나기 무섭게 한 발자국 앞으로 내디디며 공간을 접고 들어온 발차기는 간결했다.

옆구리를 노리고 들어오는 단 한 번의 발차기다.

현란한 발재간은 없었지만, 그만큼 절묘했다.

이미 한번 허리를 젖히며 무게 중심을 뒤로 두었던 이현인 만큼 물러서 피하는 건 어렵지 않다. 다만, 그 뒤가 문제다. 뒷걸음질 치기 시작하면 혜광은 계속해서 따라 붙을 것이다. 그렇게 되면 주도권은 혜광에게로 넘어가 버린다.

다른 사람은 몰라도, 혜광에게만큼은 주도권을 내어 주면 안 된다.

그러니 그냥 물러설 수는 없다.

텁!

손을 뻗었다.

꽂혀 오던 혜광의 무릎을 손목으로 막아 세우며 그 속도를 줄였다. 충격에 잠시 몸이 붕 떠올랐지만, 이현은 개의치 않았다.

일단 물러서지 않았다. 주도권을 내어 주지 않았다는 것만으로도 충분히 이득이다.

이후 손목을 비틀며 쓸어 당기듯 혜광의 다리를 훑었다. 그리고 활짝 펼쳐신 손으로 혜광의 발목을 움켜쥐었다.

반원을 그린다.

혜광의 발끝에 실린 힘을 거스르지 않고 힘의 방향만 비틀었다. 오히려 이번엔 이현이 한 발자국 앞으로 나아갔다. 팔꿈치로 혜광의 오금을 쳐 올리며 크게 튕겼다.

태극구공에 녹아 있는 묘리를 이 한 수로 모두 풀어냈다.

그리하여 혜광의 균형이 흐트러졌다.

'됐다!'

미세한 흐트러짐이었으나, 그 미세한 차이가 승패를 가른다.

이현의 두 눈에 확신에 찬 빛이 감돌았다.

그때였다.

퍼억!

승기를 잡았다고 확신했던 이현은 관자놀이에서 전해지는 고통에 눈앞이 번쩍였다.

그 짧은 순간.

중심을 잃은 혜광이 오히려 반대 발을 이용해 관자놀이를 차 버린 것이다.

찰나의 아득해지는 정신 속에서 혜광의 눈이 보였다.

"끌끌끌! 이렇게 빈틈이 많아서야 어디 혈천신마라고 할 수 있겠느냐?"

조롱과 함께 혜광이 다시 발을 내뻗는다.

몸이 공중에 떠오른 상태였지만, 혜광의 움직임은 여전히 기민하고 간결했다. 혜광이 내뻗은 발바닥이 눈앞을 가득 채우며 다가왔다.

"이 빌어먹을 노인네가!"

이현도 가만히 있지만은 않았다.

마주 주먹을 뻗었다.

퍼엉!

화포라도 터진 듯 큰 폭발음이 울려 퍼졌다. 동시에 두 사람이 서로 반대 방향으로 튕겨져 나갔다.

이현은 바닥을 굴렀고, 혜광은 바닥에 긴 족적을 남기며 칠 장이나 밀려 나가 버렸다. 혜광의 다리가 무릎까지 바닥에 깊이 박혀 있었다.

"염병! 더럽게 발바닥을 디밀어?"

흙바닥을 뒹굴었던 이현이 바닥을 박차고 일어나며 소리쳤다.

시뻘겋게 달아오른 이현의 얼굴에는 혜광의 족적이 고스란히 남아 있었다.

그리고.

주륵.

술 취한 것 마냥 빨개진 콧잔등 아래로 두 줄기 핏물이 흘러내렸다.

코피다.

발바닥으로 처맞은 것도 모자라, 쌍코피까지 났다.

"끄끄끄! 그것 참 보기 좋구나!"

가뜩이나 짜증 나는데, 혜광이 그 속을 대놓고 긁어 댔다.

하여간 밉상이다.

그러나 이현은 오히려 씩 웃었다.

"남 지적하기 전에 그 새는 발음부터 어떻게 하시지?"

"끄끄끄끌! 그게 무슨 개 쇼리……!"

이현의 지적에도 실실 웃던 혜광의 얼굴에 의문이 떠올랐다.

손바닥으로 입 주변을 훔친다. 시뻘건 핏물과 함께 누런 조각 하나가 혜광의 손바닥 위로 떨어졌다.

혜광의 이다.

마지막 순간 내뻗은 이현의 주먹은 자신을 향해 다가오는 발바닥이 아닌, 혜광을 노렸다.

그리고 정확하게 꽂혔다.

그 증거가 지금 혜광의 손바닥 위에 있는 누런 이 조각과, 자꾸만 줄줄 새는 발음이다.

"전에는 쌍코피, 지금은 앞니구만? 그러게 곱게 팔 하나 내 줬으면 험한 꼴 안 보고 서로 좋잖아?"

이현은 마음껏 혜광을 자극했다.

서로 하나씩 주고받았다. 이현은 쌍코피가 났고, 혜광은 앞니가 부러졌다. 그래도 코피야 멎으면 그만이지만, 앞니는 다시 이어 붙일 수도 없다.

그러니 훨씬 이득이다.

그런 자신만만한 이현의 모습에.

"……!"

꿈틀!

혜광의 웃음이 멎고, 대신 눈썹을 꿈틀거렸다.

그리고.

"끄끌끌끌! 크헐헐헐헐!"

돌연 미친놈처럼 멎었던 웃음을 이으며 파안대소를 터트렸다.

혜광이 이처럼 크게 웃는 것은 처음 보는 일이었다.

뚝—

하지만 곧 거짓말처럼 웃음을 그치며 눈을 부라렸다.

"그래! 이 정도는 돼야 신마라고 칭할 만하지! 육시랄 놈!"

스윽!

짧은 욕설과 함께 허공을 향해 손을 뻗은 혜광이 활짝 펼친 손을 접었다.

끄그그긍!

집히는 손가락 모양에 맞춰 허공이 일그러진다. 아니, 접혀진다고 하는 편이 차라리 가장 근접한 표현이었다.

그 속에서 검이 나왔다.

아무것도 없는 허공에서 모습을 드러내 혜광의 손에 잡힌 검은 투박했다. 검신과 검병이 일체로 된 검은 찌르는 쾌검에 특화된 형태를 띠고 있었다. 그러면서도 넓은 폭의 검신은 쾌검과는 반대로 패검에 어울리는 모양새였다.

이것도 저것도 아니다. 어중간하기 짝이 없는 형태다.

그리고 그것이 혜광의 손에 들린 순간.

공기가 달라졌다.

보이지 않는 거대한 손이 아래로 짓누르는 것 같다. 이현은 지금 숨 쉬고 있는 공기가 **뻑뻑한 느낌**이라고 생각했다.

툭. 툭.

위에서 아래로 내리누르는 압박감에 딛고 선 발이 땅 속으로 박혀 들어가고 있었다.

그 속에서 혜광이 소리쳤다.

"그 옛날 흑사신마가 있어 무림을 어지럽혔다. 하루아침에 명문대파가 무너지고, 시체가 산을 이루었다. 흑사신마는 선악을 가리지 않아 죄 많은 어른도, 죄 없는 아이도 가리지 않고 죽이며 그 피와 한을 뒤집어썼다."

혜광의 쩌렁쩌렁한 목소리가 무당산 전체를 휘감았다. 그건 마치 이현에게 하는 소리가 아닌, 다른 존재를 향해 소리치는 것 같았다.

혜광의 외침은 아직 끝나지 않았다.

"그게 나다! 나는 그 잔악무도한 살인귀다. 수많은 피와 원한을 뒤집어쓰고, 죄 없이 죽어간 망령의 저주를 먹고 사는 죄악으로 가득 찬 파멸의 검. 그것이 나다."

까랑까랑했던 혜광의 목소리가 쩍쩍 갈라졌다.

번들거리는 두 눈은 광기인지 아니면, 다른 무엇인지 모를 감정이 넘실거렸다.

혜광은 그렇게 스스로 흑사신마라 이야기하고 있었다.

"……갑자기 웬 자기 고백?"

이현은 그런 혜광의 모습에 고개를 모로 꼬았다.

싸우다가 말고 갑자기 뭐하는 짓인가 싶다.

이현도 안다. 혈천신마 이전에 흑사신마가 있어서 강호가 몰락 직전까지 몰렸었다는 것쯤은.

사실, 흑사신마가 그 난리를 쳐 놨기에 혈천신마였을 때 중원을 일통하는 게 무난했던 것도 있었다.

그러나 그건 그것이고 이건 이것이다.

이미 혜광이 혈천신마의 정체를 알고 있었다는 데 놀란 뒤라, 혜광의 정체가 흑사신마든 무엇이든 이현은 전혀 관심이 없었다.

그리고 사실. 대충 예상은 하고 있었다.

혜광이 뭔가 대단한 인간이었으리라는 것쯤은. 그것도 좋은 쪽보다는 나쁜 쪽으로.

가진 바 무위와, 더러운 성질 머리만 보아도 대충은 짐작할 수 있었던 일이다. 물론, 흑사신마라고까지는 짐작하지 못했었지만, 어쨌든 상관없는 일이다.

청수진인이 흑사신마였다면 또 모를 일이었겠지만 말이다.

어쨌든 그런 이현의 핀잔에.

혜광의 목소리가 잦아들며 차분해졌다.

"각오 단단히 하거라!"

동시에 혜광이 뛰어들었다. 이현도 급히 검을 들어 마주 달려 나갔다.

쾅!

검과 검이 맞부딪쳤다.

벼락 같은 번뜩임과, 우레 같은 굉음이 무당을 뒤덮었다.

＊　　　＊　　　＊

깡!

눈을 겨누고 역수로 찔러 들어오는 검을 막아 세웠다.

검 끝에 살기가 진득하게 묻어 있다. 중간에 막지 않으면 반드시 죽을 수밖에 없는 검이다. 그러니 무리를 해서라도 막아야만 했다.

불꽃이 번뜩인다.

으득!

이현은 이를 악물고, 손아귀가 찢어질 것 같은 고통을 참아 넘겼다. 뒤이어 검 끝을 비틀어 혜광의 검신을 타고 쭉 뻗어 올라갔다. 혜광의 손을 노리는 한 수다.

그 한 수에 혜광이 기분 나쁜 웃음을 지으며 물러섰다.

이현이 뒤따랐지만, 혜광은 몇 번 검을 뿌리는 것으로 이현의 추격을 뿌리쳤다.

이현은 그런 혜광에게 연이어 강기를 날리며 견제했다.

거리가 벌어졌다.

혜광은 연이어 물러선 덕에, 쉽게 중심을 바로잡기 곤란한 상황이다.

'지금!'

검을 든 혜광은 확실히 강했다. 검 끝에 진하게 담긴 살기만 하더라도 그가 진심이라는 것쯤은 충분히 짐작하고도 남았다. 그러나 그 강함에 압도적인 변화가 있는 것은 아니었다.

그저 상대하기 더 까다로워졌을 뿐이다. 움직임에 조금 더 신중을 기해야 한다는 것이 차이라면 차이다.

물론, 그만큼 더 많은 위기를 겪어야 하는 것은 당연한 일이었다.

그럼에도.

아주 상대하지 못할 만큼 일방적인 차이가 나는 것은 아니다.

혜광이 강한 만큼.

이현 또한 강해졌다.

과거 혈천신마 때보다 훨씬 더 강해졌고, 그만큼 많은 실전을 겪어 왔다. 그리고 지금 이현이 이룬 성장의 일부분에 혜광이 있었다. 아니, 이현 본인의 벽을 넘게 해 준 것이 혜광이라 해도 틀린 말은 아니다.

어찌 되었든 진심이 된 혜광이라 할지라도 아주 상대하지 못할 정도는 아니다.

아니, 얼마든지 이길 수 있다 생각했다.

바로 지금처럼.

스윽!

본능적으로 지금이 승부수를 걸어야 할 때임을 직감한 이현의 눈빛이 바뀌었다.

집중했다. 이제는 장난처럼 펼쳐 낼 수 있는 일 검임에도 마음을 가벼이 먹지 않았다. 단전에 넘치는 공력을 아낌없이 쏟아 부었다.

검이 움직인다. 검 끝에 세상이 갈라지고, 갈라진 틈새가 혼돈 속에서 요동친다. 칼날보다 날카로운 바람이 거칠게 주위를 할퀴고 지나갔다.

혼원살신공. 제사초 시산혈해.

그야말로 공간 안에 존재하는 모든 것을 지워 버리는 극에 이른 살공.

그것이 평소보다 더욱 강렬해진 위력으로 또 다시 혜광을 향해 펼쳐졌다.

"……"

제대로 들어갔다. 모든 것이 완벽했다. 혜광은 여전히 균형을 바로잡지 못했고, 시산혈해의 위력은 만족스러울 만큼 강력하게 펼쳐졌다.

그럼에도 이현이 웃을 수 없는 것은.

"끌끌끌! 기본도 안 되어 있는 놈 같으니! 네놈은 이래서 처맞는 게야. 기껏 얻은 기회를 이따위로 날려 버려서야 쓰겠느냐?"

그 속에서 휘적휘적 걸어 나오는 혜광 때문이다.

회의와 같이 빠른 신법으로 피한 것도 아니었다. 그저 휘적휘적 걷는 걸음에 칼바람이 빗겨 나간다. 변덕스러운 바람이 마치 언제 어디서 올지 알고 있다는 듯 거침없는 걸음걸이였다.

혜광이 말했다.

"귀 활짝 열고, 눈깔 똑바로 뜨고 잘 보거라! 내 기초부터 다시 가르쳐 줄 것이니!"

쩌억!

혜광이 검을 움직였다.

거짓말처럼 이현이 펼쳐 낸 시산혈해가 사라졌다. 그리고 그 속에서 걸어 나오던 혜광은 어느새 이현의 코앞에 당도해 있었다.

푹!

혜광의 검이 이현의 복부를 파고들었다.

서늘한 감촉이 밀려드는가 싶더니, 뜨거운 고통이 아랫배에서부터 화끈하게 밀려 올라왔다.

그런 이현의 귓가로 혜광이 속삭였다.

"첫번째 가르침이다! 사람은 칼 맞으면 죽는다!"

혜광의 가르침은 칼빵부터 시작이었다. 하여간 무식한 인
간이다.

* * *

뭐 가르침을 준다고 해서 특별히 달라진 것은 없다. 여전히
혜광은 가시권 안의 존재였고, 기회만 닿으면 언제든 죽일 수
있는 수준이었다.

문제는 그 기회가 좀처럼 오지 않는다는 것이었다.

하나 더 있었다. 위기 때마다 찾아오는.

"이런 돌대가리 같은 놈을 보았나! 복습이다! 사람은 두발
로 땅을 딛고 선다!"

혜광의 교육이라는 이름의 잔소리였다. 짜증난다.

허벅지를 파고든 혜광의 검이 전해 주는 고통보다 혜광의
지적이 더 짜증난다.

그러나 이현도 당하고 있지만은 않았다.

푹!

허벅지에 꽂힌 검을 무시하고 그대로 혜광의 복부에 칼을
꽂아 넣었다.

"이거 언행불일치 아냐? 사람은 칼 찔리면 죽는다면서! 세
방이나 꽂아 넣었으면 이제 그만 좀 죽어 주지?"

이현이 피투성이가 되는 만큼 혜광도 피투성이가 될 수밖에 없었다.

어차피 두 사람이 가진 근본적인 무력 차이는 그리 크지 않았다.

이현의 지적에 혜광이 웃었다.

"클클클! 모든 일에는 예외가 있는 법이 아니더냐? 세 번째 가르침! 방심하면 칼 맞는다!"

푹!

그리고는 또 다시 검을 움직여 배에 칼을 꽂아 넣었다.

"아! 씨! 찔린데 또 찔렸어!"

이미 처음에 찔렸던 데다. 그냥 칼빵 맞아도 아픈데 맞은 데 또 맞았으니 그 아픔이야 오죽하겠는가.

이현의 얼굴이 한껏 찌푸려졌다.

"아프더냐? 끌끌끌! 그럼! 아프라고 찔렀는데 아파야지! 암! 이제 확실히 알았을 게다. 찔린데 또 찔리면 더럽게 아프다!"

그런 이현의 모습에 혜광은 그저 좋아 죽겠다는 표정이다.

하여간 정상이 아닌 인간임은 확실하다.

"좋겠수다? 찌른 데 또 찔러서!"

이현이 빈정거렸다.

이어 이미 혜광의 복부에 꽂아 넣었던 검을 비틀었다.

뚜둑!

"끄헐!"

"어때? 나도 제법 응용은 잘하지 않아?"

복부를 헤집는 검에 고통스러운 신음을 흘리는 혜광의 모습을 보며 이현이 씨익 웃음을 지어 보였다.

"미친놈!"

"누가 보면 자기는 멀쩡한 줄 알겠네."

더불어 태평해 보이지만 살벌하기 짝이 없는 대화를 주고받았다.

이후에도 마찬가지다.

"네 번째 가르침! 때로는 의외의 요소에서 생사가 판가름 나기도 한다!"

혜광이 이현의 약점을 노리고 지적하면,

"발등에 칼 꽂히고 그딴 소리 하면, 뻘쭘하지 않나?"

이현이 곧바로 반격하며 응수했다.

상처만 가득한 대결이다. 눈앞에서 목숨이 왔다 갔다 하다 보니 제대로 된 치료는커녕, 지혈도 할 수 없었다. 덕분에 상처에서 흘러나온 핏물이 전신을 뒤덮고 있었다. 피에 젖은 검은 집중하지 않으면 언제 손을 벗어날지 알 수 없을 정도로 미끄러웠다.

보통 사람이라면 당장 죽어도 이상하지 않을 상태다. 이현과 혜광 또한 정도의 차이만 있을 뿐이다. 그들이 가진 막대한 공력만으로 버티기에 상처는 너무 많고 또 깊었다.

그럼에도 두 사람의 싸움은 점점 더 치열해지고, 격동적으로 흘러가고 있었다.

싸움의 흐름에 따라 이현의 움직임도 빠른 속도로 변화를 시작했다.

쿵!

이현이 강력한 진각을 밟았다.

땅거죽을 움푹 파고 들어갈 만큼 강력한 진각이었지만, 이현의 신형은 앞으로 나아가지 않았다. 오히려 빠른 속도로 뒤로 쭉 뻗어진다.

보통이었다면 혜광이 그 뒤를 쫓아야 함이 옳았지만, 혜광은 그럴 수가 없었다.

비록 찰나의 시간이었지만, 이현이 망가트린 지반 때문에 멈칫거림이 생겨났다.

고수와 고수. 그것도 서로 비등한 무위를 가진 이들 간의 싸움에서 약간의 틈은 커다란 차이를 만들어 내는 법이다.

지금도 그랬다.

결과적으로 순간 약점을 드러낸 이현을 앞에 두고도 혜광은 공격을 포기해야 했으니까.

반대로.

펑!

그렇게 얻은 시간은 이현에게 기회로 작용했다.

혜광이 내디디려 했던 바닥이 갑자기 폭발하듯 솟구쳐 올랐다.

"빌어먹을 놈! 잔재주를 쓰는구나!"

혜광은 대번에 이 이상한 상황을 일으킨 것의 정체를 알아차렸다.

"배웠으니 써먹어야지!"

승패는 때론 전혀 의외의 것에서 판가름 난다. 혜광이 가르쳐 준 것이다. 이현은 이를 그대로 활용했다.

십단금의 묘리를 이용해 대지를 터트렸을 뿐이다.

덕분에 혜광의 중심이 흐트러졌다.

느려진 속도. 흐트러진 중심. 하지만 아직 끝나지 않았다.

"헌데, 이제 어찌할 테냐? 때문에 네놈도 물러서는 것이 늦어진 것을?"

십단금의 묘리로 바닥을 터트리느라 이현 또한 시간을 지체했다.

흐트러진 중심에도 불구하고 다가선 혜광은 이를 지적하고 있는 것이다.

"다섯 번째 가르침이다! 칼을 쓸 땐 도리어 자신이 당할 수 있음을 항시 명심해야 하는 법!"

스확!

거리를 좁힌 혜광이 검을 휘둘렀다.

혜광의 간격 안이다. 강기를 두르지 않은 검이었지만, 그럼에도 호신강기마저 종잇장처럼 찢어 버리는 검이다.

간격을 허용한 만큼 피할 길은 없었다.

하지만 이현은 오히려 웃었다.

"글쎄요? 난 칼 안 맞을 건데?"

펙!

동시에 무언가 날아와 혜광의 손목을 때렸다. 이현을 노리고 들어왔던 혜광의 검로가 비틀렸다.

허공섭물이다.

이미 십단금으로 혜광의 중심을 흩뜨렸을 때부터 준비했던 한 수다.

허공을 격하고 당겨 온 기와가 혜광의 손목을 치며, 검로를 비틀었다.

위기가 지나갔다. 혜광에게는 기회가 지나간 셈이다. 그리고 대개 위기 뒤에는 기회가 찾아오는 법이다.

중심이 흐트러진 상황에서 무리하게 거리를 좁힌 혜광이다. 일 검이 빗나간 이상, 이제 이현의 차례다.

"잘 가쇼!"

푸확!

이현의 검이 넓게 혜광의 가슴을 갈랐다. 핏줄기가 허공을 수놓았다. 더불어 혜광의 신형이 뒤로 쭉 밀려난다.

'하여간 녹록치 않은 영감탱이 같으니!'

이현은 속으로 입맛을 다셨다.

상처는 깊다. 하지만, 더 깊게 들어가리라 예상하고 휘둘렀던 검이다. 최소한 혜광을 전투불능으로 만들 심산이었다.

그러나 그러지 못했다.

이현의 검에 담긴 힘을 거스르지 않고 순간적으로 허공에 몸을 띄워 뒤로 물러선 혜광의 기지 때문이다.

'그래도 아직!'

그럼에도 승기는 여전히 이현에게 있었다.

사람은 두 발로 땅을 딛고 선다. 이 또한 혜광의 가르침이다. 두 발이 땅을 떠나 허공에 떠오른 이상 운신에 제약이 생길 수밖에 없다.

더욱이 혜광은 방금 큰 상처까지 입지 않았던가.

"잘 가십시오!"

모처럼 만에 예의를 차려 작별 인사를 했다.

검을 휘둘렀다.

마무리를 장식할 때마다 이현이 애용하는 혼원살신공의 제사초 시산혈해다.

쿠구구구궁!

검 끝에 칼바람이 휘몰아친다. 태풍처럼 쏟아지는 바람 사이에 혜광의 신형은 마치 침몰하는 조각배 같았다.

그러나 그 속에서도 혜광의 목소리는 까랑까랑하게 울려 퍼지고 있었다.

"마지막 가르침이다! 귓구멍 씻고 단단히 듣거라! 선은 점보다 넓다. 면은 선보다 넓다. 허나, 선이 면보다 강하며, 점이 선보다 강하다."

쩍!

혜광의 외침이 끝나기 무섭게.

세상이 갈라진다.

반으로 쩍 갈라진 세상은, 동시에 모든 것이 멈춰진 세상과도 같았다.

균열. 아니, 공백이라는 표현이 더 어울릴지도 모른다. 그 속에서 걸어 나오는 혜광의 모습은 태연하기 짝이 없었다.

상처투성이. 피투성이의 몸뚱이로 걸어 나오고 있었지만, 이 순간만큼은 무엇에도 패할 것 같지 않은 절대자의 모습이었다.

"네놈 눈깔에는 내가 수백으로 보이더냐? 수천으로 보이더냐? 어찌하여 목적 없는 검을 이처럼 낭비하는 게야! 싸움의 본질은 결국 하나. 내가 살고, 적이 죽는 것이다."

탓!

혜광이 도약했다.

한껏 품으로 끌어당긴 검의 검첨은 정확히 이현의 미간을 겨누고 있었다.

순간, 이현은 직감했다.

'막을 수 없다.'

혜광의 모습이 사라졌다. 아니, 이현의 눈에는 그렇게 보인다.

자신의 미간을 겨누고 있는 검첨. 그 끝에 머문 단 하나의 점만이 시야를 가득 채우고 있을 뿐, 혜광의 모습 같은 건 보이지 않았다.

검신합일(劍身合一). 신검합일(身劍合一).

강호에서 수없이 회자되는 이야기다.

검과 몸이 하나가 되는 경지. 혹은, 검과 몸의 경계가 사라지는 경지. 강호에서는 흔히 그렇게들 표현하고는 한다.

사실, 이현에게는 이미 건너뛴 경지다.

신체의 일부처럼 검을 다루는 일이야 너무나 쉬운 일이었으니까. 속되게 표현해서 검으로 콧구멍을 후빌 수도 있을 정도였다.

하지만 이현이 이룬 검신합일은 혜광의 그것과는 너무나 달랐다. 아니, 어쩌면 진정한 의미의 검신합일이란, 지금 혜광의 모습일지도 몰랐다.

지금은 혜광조차도 그저 검으로 보일 뿐이다.

단 하나의 극점.

목숨을 노리는 그것이 코앞으로 다가왔을 때까지 이현은 아무런 대응조차 하지 않았다. 아니, 하지 못했다.

처음에는 무엇으로 막아야 할지 몰라서.

화악!

지금은 시간이 멈추는 듯한 이 생경한 감각에 빠져서.

만물이 멈춰 버린 것 같은 세상이 눈앞에 펼쳐지고 있었다.

혜광이 내찌르는 검의 끝이 허공에 못 박힌 듯 그대로 고정되어 있었다. 도약한 혜광의 두 나리도 허공에 떠오른 채 좀처럼 내려앉지 않았다.

완전한 정지.

그 기묘한 세상 속에서 이현은 드디어 혜광이 무엇을 말하고자 하는지 이해할 수 있었다.

결국, 기본이다. 결국 한 끗 차이다. 깨달았다고 여겼으나 깨닫지 못하고 있었다. 번번이 승패를 가르는 중요한 순간이 되면 시산혈해를 펼쳐 내는 것만 보아도 알 수 있었다.

시산혈해는 강력하다. 일 검에 수백은 물론, 일천이 넘는 적도 얼마든지 베어 넘길 수 있다. 세상을 바꾸어 놓는다.

그런데? 그래서?

결국 그게 전부다.

칼에 맞아 죽든, 주먹에 맞아 죽든 결국 죽는 건 똑같다.

냉혹한 세상 속에서 뒹굴며 살아남았던 만큼 누구보다 기본을 잘 이해하고 있다고 믿었던 이현이었지만, 이제야 확실히 깨달았다.

착각일 뿐이다.

'결국은 검이다.'

만 번을 휘두르는 검이든, 한 번을 휘두르는 검이든.

그것이 검이라는 사실은 달라지지 않는다.

아니, 혜광 같은 강자에게는 만 번을 휘두르는 검보다, 만 번의 검을 담은 한 번의 검이 오히려 효과적일지도 몰랐다.

동수. 혹은 어쩌면 더 강할지도 모르는 혜광과 같은 상대에게 그토록 자신하던 시산혈해가 통하지 않았다는 것이 그것을 증명하고 있었다.

'결국은 기본.'

사람인 이상. 불사불멸하지 않는 이상 결국은 기본에서 시작해 기본으로 끝난다.

'내가 살고 적은 죽는다.'

거짓말처럼 생각이 정리됐다. 차분해진 마음으로 몸이 움직인다. 굳어 버린 몸이 녹슨 문의 경첩처럼 삐거덕거리며 움직이는 것에 맞춰, 멈췄던 시간도 삐거덕거리며 흘러가기 시작했다.

그리고 이내 흐르기 시작한 시간은 쏜살과도 같이 지나쳐 간다.

깡!

검극과 검극이 맞부딪쳤다.

푹!

피가 튀었다.

"쿨럭! 더럽게 재수 좋은 놈 같으니!"

어깨에 검이 꽂힌 혜광이 일그러진 얼굴로 웃었다.

혜광의 손엔 검이 들려 있지 않았다. 이현과 혜광의 검이 맞부딪치는 그 순간 신강의 마른 흙처럼 부서져 흔적도 없이 사라져 버린 탓이다. 대신 이현의 검이 혜광의 팔 거죽을 길게 가르고 그 어깨까지 꿰뚫어 버렸다.

검신이 완전히 파묻힐 만큼 깊이 들어간 검이다.

이대로 검을 긋기만 하면 얼마든지 심장을 가를 수 있다.

푹!

그럼에도 이현은 칼을 뽑았다.

이현이 말했다.

"장난 그만 치시지? 왜 자꾸 죽으려고 합니까?"

그런 이현의 물음에.

"육시랄! 네놈이 그걸 또 어찌 알았느냐!"

혜광이 헛웃음을 흘렸다.

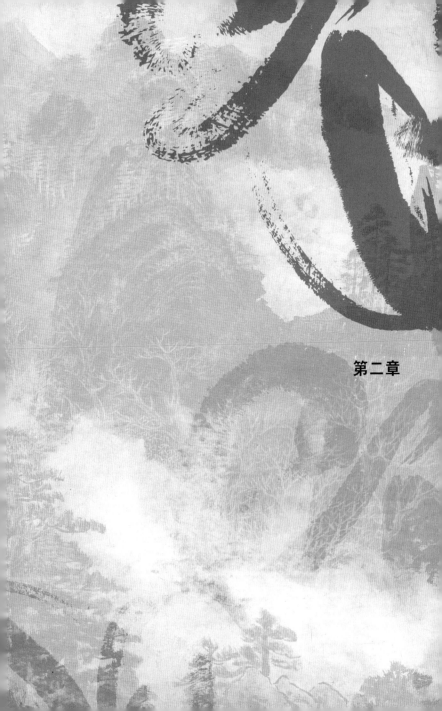

第二章

혜광은 줄곧 죽으려 했다.

해서 일부러 도발하고, 싸움을 장기적인 양상으로 이끌었다.

세상이 정지한 순간. 새로운 깨달음을 온전히 이해한 그 순간에서야 이를 눈치챌 수 있었다.

어찌 알았냐는 질문에 이현이 조금은 예의를 차린 말투로 대답했다.

"누굴 핫바지로 압니까? 머리 조금만 굴리면 다 알 수 있는 것들이지 않습니까!"

물론, 그 조금의 생각을 하지 않아서 지금껏 피 터지게 싸운 것이긴 했지만.

어찌 되었든 생각해 보면 얼마든지 알 수 있는 것이라는 건 사실이다.

애초에 이현이 혜광이었다면 싸움을 장기적으로 끌고 가지 않았을 것이다. 이현은 젊다. 그리고 태극무해심공까지 익히고 있다. 그에 반해 혜광은 늙었다. 세월은 그의 몸을 곪게 했다.

기본적인 체력과 몸 상태는 물론, 상처를 회복하는 능력까지도 이현이 압도적으로 잎설 수밖에 없다.

그런 상대를 두고 싸움을 장기전으로 끌고 간다는 건 자살 행위나 다를 바 없다. 아니, 설혹 싸움에서 승리한다고 한들 잃는 것이 너무 많다.

차라리 무리를 해서라도 단기전으로 끝냈어야 옳다.

더욱이 싸움을 하는 동안에도 혜광의 행동은 의심스럽기 짝이 없었다.

다소 과격하고 공격적인 행동이 동원되긴 했으나, 혜광은 분명 이현의 실수를 꼬집고, 더욱더 강해질 수 있는 길을 열어 주고 있었다.

처음 그의 말처럼 무공을 기초부터 다시 가르쳐 주고 있었다고 해도 무리는 아니다. 하물며, 마지막 순간에는 깨달음까지 얻도록 유도하지 않았던가.

군이 죽여야 할 상대에게 귀찮게 가르침을 전할 이유는 어디에도 없다.

"대답하십시오. 왜 그런 겁니까?"

건들거리는 이현의 물음에 혜광은 힘빠진 실소를 지었다.

"나는 정말 네놈을 죽이려 했다."

"이 마당에 이빨 까는 겁니까?"

혜광의 대답에 이현의 눈썹이 꿈틀거렸다.

이 노인네가 기어이 다 까발려진 마당에도 고집을 피우는가 싶었던 탓이다.

하지만 혜광의 말은 아직 끝나지 않았다.

"네놈이 타인의 안위를 걱정치 않았더라면, 청수 그놈의 마음을 걱정치 않았더라면! 그랬더라면 정말 죽이려 했다. 살업을 쌓아 온 내가 네놈 하나 더 죽인다고 무슨 아쉬움이 있겠느냐."

소리 없는 실소를 입가에 머금은 채 말하는 혜광의 얼굴엔 회한이 가득했다.

"죽이려 했다. 진정 네놈을 죽이려 했어! 마지막 순간에도 가망이 보이지 않았더라면, 그땐 정말 어쩔 수 없이 네놈을 죽였어야 했다."

여전히 말투는 거칠지만, 미운 정도 정이라고 이현은 혜광의 얼굴과 목소리에 담긴 감정이 무엇인지 느낄 수 있었다.

혜광은 지금 안도하고 있다.

"다행이구나!"

그 느낌이 틀리지 않았다는 것을 확인이라도 시켜 주듯 혜광은 그렇게 한숨과 함께 읊조렸다.

"……."

나약한 모습이다.

지금껏 이현이 알던 혜광과는 너무나도 다른 모습이었다.

싸움의 열기가 식은 탓인지, 아니면 흘려 낸 피 때문인지 혜광의 얼굴은 창백하기 그지없었다.

혜광은 그런 파리한 얼굴로 연신 작게 고개를 끄덕이고 있었다.

한참 만에.

그런 혜광의 낯선 모습에 침묵하던 이현은 정말 한참이 지나서야 무겁게 닫혔던 입술을 열 수 있었다.

"왜요?"

짧은 질문이다.

하지만 그 속에 담긴 물음마저도 짧은 것은 아니다.

그 짧은 한마디는 왜 다행인 것인지, 왜 죽으려 했는지, 왜 지금껏 이런 행동을 한 것인지 설명을 구하고 있었다.

어렵게 건넨 이현의 물음에 혜광은 숙였던 고개를 들고 서쪽의 먼 곳을 바라보았다.

"어둠이 있으면 밝음이 있는 법. 허나, 어둠은 항상 크고 깊으며, 밝음은 그 앞에서 호롱불과도 같은 것이다. 거대한 태양조차 천체(天體)의 눈에는 그저 어둠 속에 빛나는 호롱불과 다를 바 없는 것이 그와 같은 이치인 게다!"

전혀 뚱딴지같은 대답을 내놓았다.

아니, 대답이라고 하기보다는 그저 넋두리. 혹은 자기만의 혼잣말로 보였다.

그러나 그것으로 끝난 게 아니었다.

"흐읍!"

크게 숨을 들이켠 이후. 혜광의 눈빛이 바뀌었다. 회한이 가득했던 두 눈에 힘이 들어갔다. 덩달아 그의 목소리도 한결 힘있고 빨라졌다.

"태양 같은 존재가 있었다. 어두운 세상을 밝혀 주는 촛불 같은 사람이 있었다. 인간의 수명은 유한하여 무한히 죽고, 또 죽어 사그라지면서도 다시금 깨어나 세상을 밝히는 사람이 있었다. 허나, 본디 밝음이 있으면 어둠이 있는 법. 그 밝음이 태양과 같은 이였기에, 그 속에 숨은 어둠은 천체와 같았다."

"지금 무슨 소리를 하고 있는 겁니까?"

당최 알아들을 수 없는 말에 이현이 두 눈에 힘을 주고 끼어들었다.

이현이 알고자 하는 것은 빛이니 어둠이니 하는 것들이 아니었으니까.

"아직 내 말 안 끝났다!"

혜광은 그런 이현을 향해 소리쳤다.

이제는 파리해진 얼굴로 어디서 그런 힘이 나왔는지 알 수 없는 노릇이다. 순간적으로 소리치는 혜광에게서 뿜어져 나오는 기세에 이현마저도 움찔 한 걸음 물러섰다.

혜광은 여전히 자신이 하고 싶은 말만 했다.

"그 빛과 어둠이 갈라졌다. 어둠은 음습하고 파괴적이다. 만물을 곪게 만들고, 악하게 만든다. 소리 없는 살수와 같이 다가와 존재를 앗아 간다. 그리고 그 어둠은. 태양 같은 존재가 그러했듯, 죽어 소멸하기를 반복하면서도 다시금 눈 뜨길 반복했다. 허나, 태양이 응집하며 퍼져 나갔으나, 어둠은 분열하면서 만물을 뒤덮었다. 나는 그 어두운 근원의 하수인이었다. 주인의 뜻에 따라 기꺼이 흑사신마가 되었던 게다. 주인이 원하는 것은, 주인의 과업은. 이 중원의 파멸이었으니."

천하를 공포로 몰아넣었던 절세마인이 한낱 하수인이었다고 한다.

그러나 그보다 놀라운 것은.

"그리고 네놈은 내가 그 어둠의 근원에서 떼어 낸 조각이다."

어둠의 근원에서 떼어 낸 조각이라는 혜광의 말이었다.
얼핏 떠오르는 것이 있었다.

　　역시, 부서진 조각이라도 조각은 조각이군.

지난 날 오왕부에서 회의를 위기로 몰아넣었을 때 들었던
말이다.
그날 회의는 알 수 없는 말들을 많이 했었다.

　　허나 반쪽짜리구나. 아직도 사명을 깨닫지 못하였
　는가. 신마!

　　눈을 떠라. 혈천신마!

그땐 단지 회의가 닥치는 대로 지껄이는 말이라고 생각했
다. 그렇게 알 수 없는 말로 마음을 흔들고 위기에서 벗어나
기 위해 한 말이라고.
헌데, 그게 아닌가 보다.
"소동들을 어찌하였냐고 물었느냐? 내가 어찌할 수 있겠느
냐! 아이는 그저 태어난 죄 밖에 아무 잘못도 없는 것을! 피로
몸을 씻어도, 매일 밤 이 손으로 죽인 악령이 찾아와 저주를

퍼부어도 괜찮았다. 허나, 나는 아이만은 죽이는 것이 힘들었다. 그것이 싫었다. 해서 난 주인을 물었다. 너는 그때 떨어져 나온 조각인 것이야."

흑사신마가 무당파에서 갑자기 모습을 감추었다.

이미 유명한 이야기다. 혜광은 자신이 왜 모습을 감추었는지 그 이유를 이야기하고 있었다.

여전히 피부에 와 닿지 않는 이야기였지만, 모순되게도 이현은 혜광의 말에 집중하고 있었다.

"네놈이 괜히 신마가 되었으리라 생각하느냐? 네놈이 괜히 그 많은 혈겁을 쌓아 왔다고 생각하느냐? 네놈이, 네 몸뚱이와 네 운명이 괜히 그토록 피를 갈구한다고 생각하느냐?"

"……그럼, 다른 뭐라도 있습니까?"

"본질이다. 비록 불완전한 조각이라도 조각은 조각. 결국 네놈을 만들어 낸 근원의 목적은 중원의 파멸이라 하지 않았더냐."

"염병! 갑자기 뭔 개 같은 소린지!"

이현은 눈을 찌푸렸다.

혈천신마였을 때도. 무당신마인 지금도.

항상 하고 싶은 대로 하며 살아왔다. 원해서 싸웠고, 원해서 죽였다. 운명이니, 근원의 목적이니 하는 것과는 전혀 상관없이 스스로 결정하고 스스로 행동했다.

그건 이현의 자부심이기도 했다.

거친 신강에 내던져진 아이가 홀로 만들어 낸 길이었으니까.

헌데, 혜광은 그 자부심을 부정했다.

기분이 좋을 리 없다. 거북하다. 화가 난다. 당장 손에 쥔 검을 휘둘러 혜광의 목을 쳐 버리고 싶을 만큼 불쾌했다.

하지만.

"허면, 어째서 네 몸뚱이의 진짜 주인은 피에 미친 위선자인 게냐!"

이어지는 혜광의 일갈에 그러지 못했다.

"……"

대답할 말이 없었다.

혜광은 알고 있었다. 혈천신마는 물론, 무당신검. 지금 그가 차지한 몸의 원주인이 가진 비밀까지.

이현도 이 몸으로 신강을 가서야 알 수 있었던 것을 혜광이 어찌 알았을까.

"처음 그 몸을 보았을 때 알아보았다. 내가 깨트린 조각의 일부라는 것쯤은! 무당산에서 네놈을 보았을 때도 알고 있었다. 미친놈의 거죽 속에 또 다른 미친놈이 앉아 있었다는 것을! 둘은 원래 하나였으나, 각각 불완전하게 깨져 흩어져 버린 조각임이 보이더구나."

"……혈천신마라는 것도 그때……."

"아니, 몰랐다. 네 몸의 원주인이 지금 어디서 무얼 하고 있는지도, 네놈이 혈천신마였을 때 무얼 했는지도 모른다."

"그럼 내가 혈천신마였는지는 어떻게 알았습니까?"

이현이 질문했다.

혜광의 말을 통해 알 수 있었다. 혜광은 천마나 회의 같이 이현이 혈천신마였던 과거를 기억하는 존재가 아니다.

그런데 어떻게 혈천신마였음을 알았을까.

조각이니 목적이니 알아들을 수 없는 말로는 설명할 수 없는 일이다.

"끌끌끌! 글쎄 어찌 알았을꼬?"

혜광은 웃음으로 대답을 피했다.

"나는 주인을 배신하고, 이곳에 머물렀다. 언제 다시 나타날지 모를 주인을 생각하며 꼬리 만 개처럼 떨었다. 그 주인을 다시금 물어뜯을 궁리만을 하며 이곳에 숨어 있었다."

대신 다시 자신의 이야기로 넘어갔다.

"헌데, 어째서 죽으려 했느냐고?"

대신, 다른 대답을 내놓았다.

"나로는 안 되더구나. 늙고 곯은 이 몸으로는. 예상은 했는데, 역시 안 되더구나."

힘없는 웃음과 함께 혜광이 고개를 숙였다.

아직 들을 이야기는 많다.

하지만 이현은 더 이상 대화를 이어 나갈 생각이 없었다. 너무 피곤하다. 알아듣지도 못할 말, 별 궁금하지도 않는 말로 덕지덕지한 대화 따윈 전혀 흥미 없다.

"됐고! 어둠의 근원인지 주인인지. 난 모르겠습니다. 죽으려거든 혼자 죽으십시오!"

칼을 거두고 돌아섰다.

아니, 돌아서려 했다.

"끌끌끌! 내가 죽어야 네놈이 걱정하는 소동들도 사는 것을!"

혜광이 웃으며 거두어들이던 검을 덥석 붙잡기 전에는 분명 그러려고 했다.

"받아라!"

푸욱!

혜광은 그 말을 끝으로 이현의 검을 붙잡고 그대로 자신의 심장에 꽂아 넣어 버렸다.

"쿨럭!"

"······미친!"

혜광이 피를 토했다. 더불어 이현의 눈썹이 역 팔자로 치솟았다.

급히 혜광의 심장에 꽂힌 검을 뽑으려 했지만, 혜광은 우악스럽게 움켜쥔 검신을 놓아주지 않았다.

피를 토하면서도 혜광은 웃고 있었다.

"무당산에서 네놈을 처음 보았을 때. 아니, 내가 기억치 못하는 혈천신마였을 때부터 나는 네놈에게 모두 떠넘길 작정을하고 있었는지도 모르겠구나! 네놈은 불완전한 조각이었으니까! 허니, 주인은 없는 걸 가지고 태어나 버렸으니까⋯⋯."

"염병! 헛소리 집어치우고 이것부터 좀 놓으라니까!"

혜광이 무어라 하든 상관없었다.

이현은 오로지 혜광의 심장에 꽂힌 검을 뽑는 데에만 혈안이 되어 있었다.

"그는⋯⋯. 너를 수단으로 쓰려 한다. 하지만 나는, 네놈으로 하여금 그를 막을 것이다. 명심하거라 그는⋯⋯!"

공력을 쏟아 부어서라도 검을 뽑으려 했지만, 혜광은 그마저도 허락하지 않았다. 죽어 가는 와중이다. 공력이 흩어지는와중이다. 그럼에도 혜광은 악착같이 검을 놓아주지 않았다.

퍼억!

"⋯⋯영감?"

이현의 움직임이 멈추었다. 지치지도 않던 혜광의 입도 멈추었다.

정적 속에서 이현의 시선은 혜광의 얼굴을 향했다.

삐죽 튀어나온 검첨이 보인다. 혜광의 후두부를 관통해 미간을 뚫고 나온 검의 끝으로 검붉은 핏물이 주르륵 타고 흘렀다.

어디서 날아왔는지도 모를 검이다.

급히 고개를 들어 주위를 훑었다.

감각 밖에서 기척도 없이 날아온 검. 호신강기 따위는 가볍게 파훼하고 파고드는 투검.

오왕부에서도 한번 겪어 보았던 검이다.

그렇게 이현이 검을 날린 주인을 찾고 있을 때.

"끌끌끌! 하여간 약속은 철저하십니다그려!"

멈췄던 혜광의 목소리가 다시 흘러나왔다. 거칠게 갈라지는 목소리다. 그나마 붙들고 있던 생기마저 빠르게 소진되어 가는 것이 그 목소리로 확연히 전해질 정도다.

덥썩!

그럼에도 혜광은 이현의 멱살을 움켜쥐고 당겼다. 그리고 귓가에 속삭였다.

"내게 허락된 시간은 여기까지인 듯하구나. 허나, 흑사신마는 아직 살아 있다. 명심하거라."

하여간 밉상이다. 끝까지 자기 하고 싶은 말만 한다.

당황으로 물들었던 이현의 표정이 차갑게 식었다.

"흑사신마고 어둠이고 난 모릅니다. 막으려면 알아서 막으십시오. 난 나 하고 싶은 대로 하고 살기도 벅차니까! 그러니까 개소리 집어치우고 좀 살······!"

이현의 목소리는 얼굴 표정만큼이나 냉정했다. 차갑게 선을
그었다.

"그것이면 되었다."

그러나 혜광은 도리어 웃었다.

오히려 그런 혜광의 반응에 당황한 건 이현이었다. 이현의
목소리가 높아졌다.

"개소리 집어치우고, 막고 싶으면 살아······!"

하시만 끝내 그 외침은 이어지지 못했다.

툭 하고 혜광의 고개가 꺾였다. 하지만, 단지 그 이유 때문
만은 아니다.

죽어 가면서도 우악스럽게 잡고 놓지 않던 검으로 거대하
게 밀려드는 무언가가 이현의 말을 막아 버렸다.

혜광의 심장. 그리고 그 심장을 꿰뚫은 이현의 검.

그 사이에 무언가가 하나 더 있었다.

혜광의 멎어 버린 심장에서 흘러내린 피로 붉게 젖어 버린
책자였다.

*　　　*　　　*

높이 솟은 산에 구름이 갈라졌다. 산에 불어오는 바람은

시리고 또 거칠다. 바람이 남기고 간 상처는 여린 아이의 피부를 사시사철 발갛게 달아오르게 만들었다.

푸드득!

머리 위에서 큰 원을 그리며 맴돌던 독수리가 바람을 타며 내려앉았다. 독수리는 돌산에 버려진 두 구의 시체를 부리로 쪼았다. 살점이 뜯어지고, 굳기 시작한 핏물이 살점에 묻어 나왔다. 게걸스럽게 시신을 쪼아 대던 독수리가 고개를 들었을 때. 독수리의 부리부리한 두 눈이 아이와 마주쳤다.

독수리는 한참 아이와 시선을 마주하다, 이내 다시 시신을 쪼았다.

그날 아이는 가장이 되었다. 다섯 살, 그리고 세 살. 이제 일곱 살에 불과한 아이에게는 부양해야 할 두 명의 동생이 있었다.

하루 한 번의 끼니를 때우는 것이 얼마나 힘겨운 일인지도 모르고 떠안아야 했던 가장의 짐이다.

현실은 냉혹했고, 일곱 살 어린 가장은 무능했다.

궁핍과 허기가 그림자처럼 따라붙었다. 어떻게 벗어나야 하는지도, 어떻게 이겨내야 하는지도 알지 못했다. 하루 한 끼도 마음 놓고 먹어 본 적이 없었다. 때때론 사흘, 나흘을 굶어야만 했다.

그렇게 어린 가장은 열 살이 되었다. 결국 세 아이의 삶은

파탄이 났다.

계속된 허기와 부실한 영양 상태는 막내를 병들게 했다. 막내를 치료하기 위해서는 돈과 먹을 것이 필요했고, 당연하게도 그런 것은 없었다.

둘째가 참지 못했나 보다. 도둑질을 했다. 이웃집의 토끼를 훔쳤다. 들키지 않았는지, 이웃집에서 모른 척 넘어갔는지는 모른다. 조용히 지나갔다. 하지만, 어린 가장은 모를 수 없었다.

알면서도 침묵했다.

아무것도 모른 채 고기를 삼키던 막내의 눈망울 앞에서 할 수 있는 말이 없었다. 방 안 한구석에서 자신이 훔쳐 온 토끼 고기를 맛있게 먹는 막내를 그저 침만 심키며 바라보던 둘째의 모습에 아무 말도 할 수 없었다.

그리고 그날 밤 울었다.

아무것도 배우지 못하였음에도 본능적으로 깨달았기 때문이다. 앞으로 셋이 살아남기 위해서 할 수 있는 일은 이런 것밖에 없음을.

싫었다. 적어도 두 동생들만큼은 그렇게 살게 하긴 싫었다.

그러기 위해서는 돈이 필요했다.

그래서 마을을 떠났다. 아니, 도망쳤다.

번화한 곳으로 나갔다. 돈을 벌기 위해서였다. 하지만 열

살 어린아이가 돈을 벌 수 있는 곳이 아니었다. 생활은 마을을 도망쳐 오기 전보다 더 궁핍해지기만 했다. 집도 없으니 이제 노숙은 일상이 되었다.

둘째가 또다시 도둑질을 했다.

또, 그 돈이 문제다.

돈을 구해야 한다. 하지만, 돈을 벌 수 없다. 무엇을 팔아서라도 돈을 구해야 했지만, 팔 수 있는 건 맨몸뚱이밖에 없었다.

그래서 어린 가장은 스스로를 팔았다.

둘째는 영악하니 조금의 여유만 있다면 충분히 훌륭한 가장이 될 수 있으리라고 믿었다.

스스로를 저자에 내놓은 그때. 어린 가장은 주인을 만났다.

또래의 나이. 하지만 너무나 다른 행색.

주인의 깊고 어두운 두 눈을 보는 순간, 마치 같은 세상 사람이 아닌 존재 같다고 느꼈다.

주인이 검을 내밀었다. 그리고 말했다.

    잡아라. 전력을 다해. 그럼 너를 사지. 네 두 동생은
    승려가 되도록 해 주겠다.

주인이 내민 검은 시린 검날이 날카롭게 서 있었다.

그러나 아이는 잡았다. 그 순간 동생들까지 챙겨 줄 것을 약속하는 주인은 유일한 희망이었으니까.

날을 움켜잡았다. 시큰한 고통이 전해졌지만, 검날이 손가락뼈까지 눌러 들어가는 감각이 선명하게 전해졌지만 절대 놓지 않았다. 생명 줄처럼 강하게 붙들었다.

그렇게 주인의 종이 되었다.

주인은 약속대로 동생들을 승려로 만들어 주었고, 아이는 동생들과 헤어졌다. 그리고 주인에게 글을 배웠다. 글을 배우면서 처음으로 무공이라는 것을 익혔다.

그렇게 아이는 청년이 되었다. 주인이 중원에 긴 여행을 하고 돌아온 날 청년은 주인의 부름을 받았다.

저 먼 곳에 거대한 나라가 있다. 탐욕스럽게 세상을 집어삼킬 것이다. 이 땅을 짓밟을 것이고, 이.땅의 정신을 어지럽힐 것이다. 이 나라의 백성도, 네 이웃도, 네 동생들도 결국 그 거대한 괴물이 집어삼킬 것이다.

주인은 중원을 모든 걸 집어삼키는 탐욕스러운 괴물이라고 했다.

나는 그 괴물을 멸하려 한다. 안에서부터. 그리고 밖

에서부터. 너는 그 검이 되어라.

그리고 그 괴물을 무찌를 검이 돼라 했다.

그래서 검이 되었다.

은인이 원하는 것이었으니 얼마든지 되어 줄 수 있다고 생각했다.

구파일방. 중원이란 세상에 존재하는 무림이란 세상. 주인은 그 세상을 떠받치는 열 개의 방파를 모두 지우라 했다.

그래서 그 명을 따랐다. 중원의 사람들이 청년을 흑사신마라 부르기 시작했다. 사람을 죽이고 얻은 이름이다. 피를 뒤집어쓰고, 문파를 불태우며 얻은 이름이었다.

누군가는 끝까지 저주를 퍼부으며 죽어 갔고, 누군가는 끝까지 맞서 싸우다 장렬이 산화했다. 또 누군가는 살려 달라고 애걸했다. 그러나 괜찮았다. 주인이 원하니 얼마든지 죽일 수 있었다.

밤마다 악몽에 시달리고, 눈앞에 죽어 간 이들의 허상이 아른거려도 참을 수 있었다.

그럼에도 참을 수 없는 것은 아이를 죽이는 일이었다. 열 살 남짓한 꼬마 아이. 아무것도 모르고 바라보는 그 눈망울이 마치 동생들을 떠올리게 했다.

곤륜의 동자를 죽이던 그 첫 살인은 낙인처럼 뇌리에서 사라지지 않는다.

그럼에도 했다. 주인이 원하니까. 그러니까 참았다.

하지만, 소림을 휩쓸고 무당에 도착했던 날은 참지 못했다.

무당의 고수들이 무릎을 꿇으며 죽어 가고, 겁먹은 어린 제자들 틈에서 걸어 나온 도인과 마주했을 때.

무공도 익히지 못한 주제에 당당히 앞을 막아서는 눈을 마주했을 때.

　　무엇 때문에 이 살행을 하는 것인지요?

그 도인이 질문을 던졌을 때.

　　그래서? 행복하시오?

그 물음에 마주했을 때.

결국 참지 못했다.

아니, 두려웠다. 오늘 무당의 아이들을 죽이고, 내일 또 다른 곳의 아이들을 죽일 것임을 알기에. 헤어진 동생들을 떠올리게 하는 그 아이들이 죄 없이 죽어 가고, 또 죽여야 함을 알기에 두려웠다.

못하겠습니다. 사형.

결국 참지 못하고 처음으로 주인이 원하는 데에 반하였다.

배신했다. 은혜를 잊고 감히 맞섰다. 주인을 죽였다.

그 대가로 주인이 베풀어 준 모든 무공을 잃고 다시 시작해

야 했다. 무당에 숨어 죗값을 치러야 했다. 이후 평생을 언젠

가 다시 나타날 주인을 향한 공포심으로 살았다. 또다시 주

인을 막아 세울 방법을 찾으며 발버둥 쳤다.

그리고 오랜 세월이 지나 황궁의 버릇없는 젊은 사내가 찾

아 왔을 때.

오랜만이구나. 아직 쓰임이 남았으니 죽이지 마라.

죽었던 주인이 찾아왔다.

전혀 새로운 모습으로. 더욱 완벽해진 모습으로.

평생 무당에 숨어 주인을 막을 수 있는 방도를 찾아 헤맸

듯이, 주인 또한 오랜 세월을 준비해 왔었다.

그리고 패했다.

"……뭡니까? 이 자전적인 이야기는? 하여간 살아서나 죽

어서나 자기 하고 싶은 말만 하는 건 여전하십니까?"

완전한 무의 공간.

혜광의 심장에 꽂힌 검에서 밀려드는 거대한 무언가에 휩쓸려 도착한 공간이다.

이현은 알고 있었다. 그냥 본능적으로 느낄 수 있었다. 이곳은 자신의 내부. 그리고 지금껏 이현이 보고 들었던 이 이야기는 모두 혜광의 것이었다.

죽지 말라니까 기어이 죽은 것도 모자라, 또 제 할 말만 하는 혜광이 당연히 이현의 눈엔 곱게 보일 리 없었다.

삐딱한 이현의 시선에.

"끌끌끌! 그래도 나 하나 이 세상 살다 갔다는 걸, 한 사람 정도는 알아야 하지 않겠느냐!"

혜광의 모습이 허상처럼 허공에 나타났다. 혜광은 웃고 있었다.

"살다 간 거 기억해 줄 사람이야 무당에 많잖습니까!"

"어찌 살다 갔는지는 모르지. 그네들이야 내가 무당에서 깽판 친 것밖에는 기억하지 못할 것이 아니더냐!"

"그게 사실이잖습니까! 대충 보니까 결국 무당에서 꼬장 부린 시간이 제일 많았구만 뭘!"

"끌끌! 하여간 육시랄 놈이로다!"

"염병! 저도 그쪽 마음에 안 들긴 마찬가지거든요?"

"끌끌끌!"

막말에도 혜광은 그저 웃었다. 그것조차 마음에 들지 않았다. 하지만 그렇다고 딱히 무어라 꼬집어 욕을 할 수도 없는 일이다.

"그 주인이라는 인간은 얼굴이 왜 하나같이 다 뿌옇게 나옵니까? 영감님 흑사신마 시절에 옆에 있던 건 또 누구고요? 그 주인이란 작자입니까?"

혜광이 살아온 이야기를 보았다.

원해서 본 건 아니지만, 그 어둠의 주인이라는 작자도 보긴 봤다. 문제는 뿌옇게 나와서 당최 이목구비를 알 수 없다는 것이다.

궁금한 건 또 있다.

"황태자가 먼저 찾아왔었다고요? 그 부분은 또 왜 이렇게 불친절합니까? 둘째 동생 놈이 토끼 훔쳤다는 이야기는 잘도 해 주더니?"

혜광의 이야기는 잘 보았다. 뭐, 마음에 안 들지만 어쩌겠는가. 일단 보이니까 봤다.

하지만 정작 중요한 부분은 꼭 한결같이 불친절하다.

시커먼 어둠에 휩싸여 제대로 알아볼 수 없거나, 아니면 아예 통째로 건너 뛰어 버렸다.

특히 그 주인이란 것과 엮인 것들은 하나같이 그딴 식이었다.

이래서야 그냥 혜광이 써 놓은 일기 한꺼번에 읽는 것만도 못 하다.

"끌끌끌! 왜? 이제야 좀 관심이 생기더냐?"

그런 이현의 불만에 혜광이 능글맞은 표정을 지어 보였다.

당연히 기겁했다.

"아! 떠넘기지 말라니까요? 전 황태자 놈 족치기도 바쁜 몸입니다! 자기의 일은 스스로 하자! 이런 것도 모릅니까? 그쪽이 싼 똥은 그쪽이 알아서 치우라 이 말입니다!"

남 일에 끼어들 생각은 전혀 없었다. 특히나 혜광이라면 더더욱. 기억나는 건 개처럼 뚜드려 맞은 기억 밖에 없는데 뭐가 좋다고 돕는단 말인가.

"뭣 하면 그냥 성불하십시오! 이딴 식으로 물고 늘어지지 말고!"

"육시랄 것! 네놈은 정도 없더냐?"

"그렇게 정이 넘쳐서 절 개 패듯이 팼습니까?"

"끙······!"

결국 혜광의 입에서 앓는 소리가 흘러나왔다.

딱 잘라 선을 그었다.

"전 안 합니다. 하려면 영감님이 원귀라도 돼서 그 주인이란 놈한테 들러붙어 하시던가!"

그리고 물었다.

"그나저나 이건 뭡니까? 공력은 아닌 것 같은데?"

혜광의 심장을 꽂은 검에서 밀려들었던 것.

그건 단지 혜광의 이야기들만이 아니었다. 무언가 알 수 없는 기운으로 충만하다. 무의 공간에서도 느낄 수 있을 만큼 꽉 찬 기운이다.

하지만 공력은 아니다. 공력이었다면, 알아보지 못할 리가 없다. 심지어 이 기운은 그저 느껴지기만 할 뿐, 어디에 존재하고 있는지도 알 수 없었다.

단전인 것 같기도 하고, 심장인 것 같기도 하고, 머리인 것 같기도 하다.

하여튼 있어도 전혀 쓸데없는 기운인 건 확실하다.

"거 이왕 주실 거면 이딴 것 말고 공력이라도 좀 주시지. 꼭 이딴 걸 주십니까?"

당연히 투덜거렸다.

그 투덜거림에 혜광이 두 눈에 쌍심지를 켰다.

"이놈이! 기껏 깨달음까지 얻게 해 줬더니, 이젠 공력까지 내놓으라는 게냐? 하여간 인간은 안 될 놈 같으니!"

"어차피 죽어서 쓰지도 못하는 거 그냥 넘겨주고 가면 서로 좋지 않습니까!"

"일없다! 그건 저승 갈 때도 끌어안고 가련다!"

"하여간 성질 더러운 영감탱이!"

"지금 자기소개하는 게냐?"

하여간 둘은 뭔가 안 맞긴 확실히 안 맞았다.

만날 때 마다 싸우고 으르렁거리고 투닥거린다. 게다가 그 모든 행위는 유혈 사태로 직결되었었다.

"잘 간수하여라. 내 평생을 바쳐 일구어 놓은 것이니. 그냥 책으로 전하려 하니, 네놈의 그 목 위에 단 돌덩이로는 당최 답이 안 나올 것 같아 이리 했다. 언젠가 때가 되면 다 알아서 깨닫게 될 것이다."

"못 깨달으면요?"

"팔자려니 해야지."

무책임한 혜광의 말에 이현은 잠시 할 말을 잃었다.

그런 이현을 향해 혜광이 말했다.

"네놈은 평생 못 깨닫길 바라야 할 것이다. 그리고 그때가 되면 제발 좀 깨닫길 바라야 할 것이고."

그리고 단언했다.

"그때가 되면 네놈이 깨닫든 깨닫지 못하든, 넌 죽어!"

하여간 아주 끝까지 악담이었다.

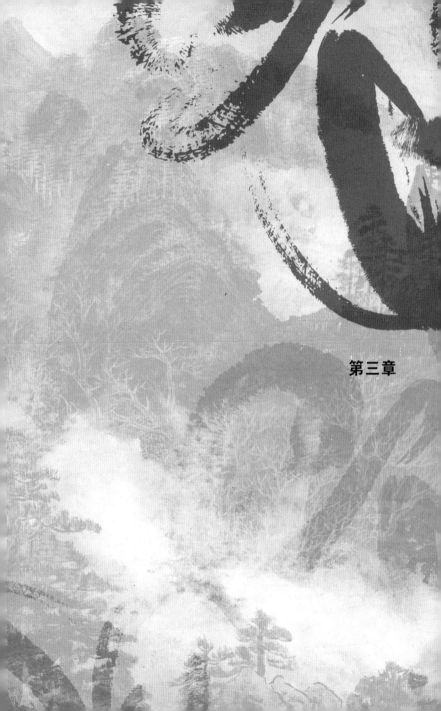

第三章

"……염병할 노인네 같으니!"

다시 익숙한 공간으로 돌아왔다. 예고도 없이 밀려들었던
무의 공간은 거짓말처럼 사라졌다. 지금 눈앞에 펼쳐진 전경
은 처음의 그것과 똑같았다.

피 묻은 무당의 모습. 아직 손에 잡혀 있는 검도, 그 검을
움켜쥐고 놓지 않는 혜광까지 모두가 그대로였다. 검이 혜광
의 심장을 꿰뚫고 있는 것조차 그대로다.

혜광은 죽었다. 심장을 꿰뚫은 검신을 통해 전해지는 감각
이 그렇게 알려 주고 있었다.

그럼에도 죽은 혜광의 얼굴은 웃고 있었다.

피식!

그 웃음에 이현도 마주 웃어 버렸다.

찌그덕!

박힌 검을 뽑았다. 말라 버린 핏덩이가 얄궂게 검신에 들러붙어 나왔다.

검신에 묻은 피를 무복에 스윽 닦아 내며 이현은 중얼거렸다.

"하고 싶으시면 혼자서 하십시오. 괜히 엄한 사람 엮지 말고. 아시겠습니까?"

혜광에게 하는 말이다.

대답이 돌아올 리 없는 말이다. 어떻게 보면 이쪽이 편하다. 혜광이 대답했으면 또 분명 온갖 쌍욕은 다 들어 처먹고 배 터졌을 판이다.

"……."

그런데 왜 그 쌍욕 가득한 대답이 없는 것이 이렇게 허전한지 모를 일이다.

아니.

"염병! 더럽게 뻘쭘하네!"

뻘쭘하다. 미친놈처럼 죽은 사람 붙들고 혼자 쭝얼거리고 있으니 그냥 어색한 것이다.

그래도 이왕 뻘쭘한 것 계속 뻘쭘해 보기로 했다.

"뭐, 별 도움도 안 되는 거지만, 그래도 받은 건 있으니 그냥 입 싹 닦지는 않을 겁니다. 그 이상은 바라지 마십시오."

이현은 혜광에게서 시선을 거두었다. 대신 그 뒤의 무당을 응시한다.

뽑아 든 검은 여전히 손에 쥔 채였다.

"뭐, 오다가다 부딪치고 걸리적거리면 손은 좀 봐 주겠습니다. 지금처럼!"

화악!

막힌 둑이 터지듯 이현의 몸에서 거대한 기세가 휘몰아쳐 뻗어 나왔다. 그 기세가 삽시간에 무당을 뒤덮었다.

이제는 보인다.

혜광이라는 강렬한 존재가 내뿜는 존재감이 사라진 탓인지, 아니면 지금껏 혜광이 스스로 이현의 감각을 차단하려 했는지는 모른다.

어찌 되었든 혜광이 사라진 지금은 모든 것이 보인다. 아니, 느껴진다.

"누군진 모르겠지만, 이제 그만 나오지?"

이현이 정면을 응시하며 말했다.

조용한 목소리였지만, 그 목소리는 무당파 전체로 뻗어 나갈 만한 힘을 지니고 있었다.

"……."

잠시 침묵이 흘렀다.

이현의 입가가 말려 올라가는 시간 동안이었다.

"아니면? 내가 직접 찾아갈까?"

무당은 줄곧 봉문해 왔었다. 그렇게 봉문한 문파에 사람이 많으면 또 얼마나 많겠는가. 속가제자들은 집으로 돌아간 지 오래일 것이고, 식객이라 할 만한 이들도 떠난 지 오래다. 참배객이야 당연히 있을 수 없는 일이었고.

그럼에도 무당에 사람이 많다는 것이 의미하는 건 단 하나다.

허락받지 않은 손님.

그리고 지금 무당파가 피투성이 꼴이 된 데에 직간접적인 원인을 제공한 자들이다.

이현은 혜광이 죽은 뒤부터 전해지는 이 감각을 신뢰했다.

그런 이현의 물음에.

대답이 돌아왔다.

"……."

여전히 침묵뿐인 대답이다.

하지만 대답이 꼭 말일 필요는 없다. 무당파의 가장 중심이라 할 수 있는 자소궁 지붕 용마루 위에 누군가 올라섰다.

족히 십여 개는 되어 보이는 검을 줄줄이 허리에 차고 있는 사내. 비록 검은 방갓에 흑빛 피풍의를 뒤집어쓰고 있어 얼굴은 볼 수 없었지만, 사실 얼굴은 어떻게 되든 상관없었다.

잘 생겼는지, 못 생겼는지. 늙은지, 젊은지 따위는 아무래도 좋았으니까.

중요한 건.

"너냐, 칼 날린 놈이?"

허리에 줄줄이 차고 있는 검. 그리고 그에게서 느껴지는 기세.

그것만으로도 짐작할 수 있었다.

지난날 오왕부에서 검을 날려 회의를 구하고, 오늘 혜광의 머리에 검을 날려 숨을 끊어 버린 정체불명의 고수.

그리고.

그는 혼자가 아니었다.

"사, 사범님!"

이현의 귓가로 익숙한 목소리가 들려왔다.

두려움에 새파랗게 얼어붙은 무당파의 어린 제자. 아는 얼굴이다. 한때나마 이현이 직접 지도했던 아이들 중 하나다.

이름은 동철.

그런 동철을 비롯한 무당의 제자들이 이현의 앞으로 모습을 드러냈다.

그리고 그 주위로.

족히 백여 명은 되어 보이는 복면의 사내들이 함께하고 있었다.

칼을 빼 든 방향이 지금 용마루 위에 선 투검의 고수가 아닌 이현과 무당의 제자들이라는 것만으로도 그들이 적인지, 아군인지 구분하는 건 어렵지 않았다.

백여 명의 복면인들은 모두 적이다.

피식.

눈앞에 모습을 드러낸 그들의 모습에 이현의 입꼬리가 말려 올라갔다.

"부랄 딸랑거리는 소리가 안 들리네? 그런데 왜 젖가슴 덜렁거리는 소리도 안 들릴까?"

혜광에게서 밀려들었던 미지의 기운이 뭔가 작용을 하긴 하는가 보다.

감각이 전보다 더욱 예민해졌다. 아니, 세밀해졌다고 표현하는 것이 옳을지도 모른다.

굳이 집중하지 않아도 지금 눈앞에 있는 복면인의 성별이 구분 되었다.

"사내도, 여인도 아니다…… 그런 놈들이 어디서 왔을까?"

빙글거리며 묻는 이현의 물음에 누구도 대답을 돌려주진 않았다.

이현은 개의치 않고 시선을 돌렸다.

초면에 인사는 이쯤이면 되었다. 이제 구면인 이들을 찾아볼 심산이다.

다행히 어렵지 않게 구면인 상대를 찾을 수 있었다.

침통한 얼굴로 입술을 꾹 다물고 있는 노인.

청성진인. 무당 장문인의 모습이 이현의 눈에 들어왔다. 그 옆에 성격이 꽤나 과격한 편이었던 집법당주의 모습도 보였다. 평소의 부리부리했던 눈은 어디로 갔는지, 집법당주의 두 눈은 풀이 죽은 채 아래로 내리깔려 있었다.

상대적으로 멀쩡한 장문인과 달리, 집법당주는 오른쪽 어깨가 붉게 젖어 있었다. 텅 빈 소매가 바람에 펄럭이는 것을 보면, 아무래도 오늘 찾아온 초대받지 않은 손님을 대접하다 오른팔이 날아간 듯싶다.

이현은 그들을 바라보았다.

"오랜만입니다?"

"……."

대답은 돌아오지 않았다. 평소 버럭버럭거리던 성질은 어디로 사라졌는지 집법당주는 그저 입을 꾹 다물 뿐이다. 평소에도 조용조용했던 장문인 청성진인은 두말할 나위도 없었다.

그런 그들의 모습이 마음에 들지 않았다.

"염병! 그러니까 내가 말했잖아. 죽은 사람도 못 지키는데 산 사람은 어떻게 지키냐고."

황태자에게 청수진인의 시신을 내어놓고, 황제의 봉문령을 아무런 저항 없이 고분고분하게 받아들였을 때.

이미 예견했었다.

물론, 이런 식이 될 것이라고는 예상하지 못했지만.

어쨌든 결론은 같다.

무당은 또다시 치욕을 맛보았다. 이제 이현이 살아 있는 동안 무당은, 절대 스스로를 명문이라 칭하지 못할 것이다. 무림 또한 무당을 명문대파라 입에 올리지 않을 것이다.

본산을 두 번이나 무기력하게 짓밟힌 무림방파가 명문이라 칭할 수 있겠는가.

"염병……!"

이현은 괜히 쓰디쓴 입맛을 다셨다.

소태라도 한 바가지 씹어 삼킨 기분이었다.

그래도 한때는 그가 몸담았던 곳이다. 그리고 한때는 청수진인이 평생을 바쳤던 곳이기도 했다.

그런 무당이 이처럼 나락으로 처박히는 모습을 두 눈으로 확인하고 있으니 기분이 더럽지 않다고 한다면 그것도 거짓말이리라.

그러나 이미 벌어진 일 어떻게 하겠는가.

"나머지 이야기는 나중에 합시다?"

구면이었던 이들과도 인사가 끝났으니 이제 본론으로 넘어가야 할 때다.

이현의 시선이 가장 멀리 떨어져 있는, 가장 높은 곳에서 아래를 내려다보고 있는 검은 방갓을 쓴 사내에게로 향했다.

"네가 쟤들 대장이냐?"

찍었다. 그래도 맞을 것이다. 딱 모양새가 그랬으니까.

그런 이현의 물음에.

"혜광이 무어라 했느냐."

대답이 돌아왔다.

다만, 질문이었다는 것이 문제라면 문제였지만.

"부랄 없는 사내놈에, 오왕부에서 봤던 칼 던지는 놈이라…… 너 황실에서 왔냐? 황태자가 시키디?"

물론, 이현은 검은 방갓을 쓴 사내의 질문에 대답해 줄 생각이 전혀 없었다.

오히려 연이어 질문을 던졌다.

하지만.

"……약속은 지켰구나."

그 질문이 이상하게 대답이 되었나 보다. 상대는 방갓을 쓴 채로 고개를 끄덕였다.

그리고.

그 모습이 이현에게도 대답이 되었다.

"황실에서 왔네!"

자고로 침묵은 긍정이다. 아니, 사실 황실이 아니면 말이 되질 않는다. 낭심 없는 사내만 백 명이다. 한둘이야 뭐 불행한 사고라도 당했는가 싶겠지만, 그 수가 백이면 이야기는 달라진다.

일부러 잘랐다.

그리고 이현이 알고 있는 한 남자 물건 일부러 잘라 대는 곳은 황궁 밖에 없다. 흔히들 내시라는 인간들이다. 그리고, 그런 내시들을 주축으로 운영되는 무력 집단인 동창이란 곳도 있지 않은가. 물론, 동창은 그 집단의 특수성 탓에 안 자르고 활동하는 예외도 존재한다고 하지만 어쨌든 다수를 이루는 건 물건 없는 놈들이다.

그러니 눈앞에 백여 명의 함량 미달 사내들은 동창 소속일 것이다.

그리고 무엇보다.

오왕부에서 회의를 구했던 자가 지금 눈앞에 있다.

지나가던 무소속 무림인이 할 일 없어 오왕부에 들러 회의를 구하지는 않았을 것이니, 결국 그 또한 황실에 속한 인물일 것이다. 아니, 최소한 황실과 어떤 식으로든 연결이 되어 있을 것이 분명했다.

동창 출신에, 회의와 연관된 인물까지.

상대가 부정하지 않는 것만으로도 대답은 충분히 되었다.

그렇게 이현이 단정하는 사이.

"철수하라."

흑초방립(黑草方笠)의 사내가 명령을 내렸다.

"아! 이런 혜광 같은 놈!"

그 명령에 이현은 투덜거렸다.

하는 짓이 꼭 혜광이다. 자기 마음대로다. 하고 싶은 말만 하고, 하고 싶은 대로 한다. 지금도 봐라. 멋대로 쳐들어와서 난장을 쳐 놓고는 볼일 끝났다고 홱 하고 가 버리려고 한다. 남이 뭐라 하든 전혀 신경 쓰지 않는 것까지 혜광을 꼭 닮았다.

물론, 이현 또한 그런 혜광 같은 놈이라는 분류에서 자유로울 수는 없었지만, 지금 중요한 건 그런 것이 아니다.

퍽!

칼이 꽂혔다.

"으악!"

눈앞에서 터져 버린 머리통에 어린 동철의 입에서 비명이 터져 나왔다.

터진 머리에 꽂힌 검은 방갓을 쓴 사내의 것이 아니었다.

이현의 것이다.

머리가 터진 채 비명조차 지르지 못하고 절명한 이는 무당파를 습격한 물건 없는 사내 중 하나였다.

"……"

갑작스러운 이현의 공격.

방갓을 쓴 사내는 그런 이현의 돌발 행동에도 아무 말 없이 그저 가만히 이현을 응시할 뿐이었다.

"가긴 누구 마음대로?"

이현이 그를 보고 웃었다.

피를 봤다. 혜광은 죽었고, 무당은 피투성이다. 이현도 칼빵을 몇 번이나 맞았다. 지금도 아파 죽겠다.

거치적거리면 손봐 주겠다고 혜광과 약속하지 않았던가. 물론, 그건 어디까지나 이현의 일방적인 후려치기였지만, 어쨌든 약속은 약속이다.

"올 때는 마음대로였을지 몰라도 갈 땐 아니야."

이현은 이들을 곱게 보내 줄 생각이 없었다. 절대로.

"철수하라."

그럼에도 검정 방립을 쓴 사내는 철수명령만 계속했다.

하여간 혜광 같은 놈이었다.

*　　*　　*

동창은 철수할 수 없다.

이현이 싸우고자 했으니까.

무당을 찾아온 초대받지 않은 손님들은 싸움을 원치 않고 철수를 하고자 한다고 한들, 이현이 곱게 놓아주지 않는 이상 어찌 되었든 싸움은 필연적으로 일어날 수밖에 없다.

바로 지금처럼.

퍽!

주먹이 광대를 으스러트리고 들어갔다. 그 반작용으로 피는 오히려 반대편 광대에서 터져 나왔다. 붉은 핏물과 함께 내용물이 허공에 솟구친다.

하지만 아직 끝이 아니다.

서걱!

이번엔 휘두른 검이 멀어지던 적의 뒤통수를 반으로 갈랐다. 반듯하게 잘려진 머리는 상대가 바닥에 쓰러지고 나서야 땅바닥으로 쏟아졌다.

일방적인 학살을 벌이고 있는 이현이 씩 웃었다.

혜광과의 싸움으로 이미 피 칠갑을 한 상황이다. 혜광에게 당한 상처에서 흘러나오는 피로, 혜광에게서 묻은 피로 이미 전신은 검붉게 물들어 버린 지 오래다. 거기에 황실에서 온 자들의 피를 더 묻힌다고 한들 티도 안 난다.

"말했지? 올 때는 마음대로였을지 몰라도 갈 때는 아니라고!"

이현은 짐승처럼 으르렁거렸다.

그러면서 두 눈에 안광을 번뜩이며 또 다른 사냥감을 찾아

몸을 날렸다.

"흡……!"

그리 짧지 않은 거리를 순식간에 점하는 이현의 모습에 상대가 다급한 신음과 함께 급히 검을 빼어 들었다.

날카로운 검날로 앞을 가로막는다.

하지만.

쩡!

이현은 거침없이 맨주먹으로 검날을 후려쳤다. 검이 엿가락처럼 휘어지는가 싶더니 이내 한계를 이기지 못하고 터지듯 깨져 버렸다.

그리고 그대로.

으득!

이현의 주먹이 상대의 머리 깊숙이 틀어가 박혔다. 부서진 검 조각에 찢기고 이현의 주먹에 함몰되었다.

이제 앞으로 굳이 복면을 쓰지 않아도 누가 알아볼 일은 없을 것이다. 물론, 이젠 그런 걱정을 할 필요도 없어졌지만.

자고로 걱정이라는 것도 산 자만이 누릴 수 있는 특권이었으니까.

"……!"

파죽지세로 몰아쳐 가던 이현의 어깨가 움찔했다.

더불어.

콰직!

가까이 있는 동창 무인을 잡아 허공에 던져 버렸다.

파륙음과 함께 피가 튄다.

잡아 채였던 동창 무인의 심장을 꿰뚫고 삐죽 튀어나온 검극이 이현의 코앞에서 멈췄다.

동시에 이현의 입가에도 히쭉 웃음이 걸렸다.

"언제까지 거기서 무게 잡고 있을 거야?"

이현의 시선이 닿는 곳. 검이 날아온 곳.

그곳에 방갓의 사내가 서 있었다. 여전히 용마루 위에 서서 아래를 내려다보는 사내의 허리춤에는 빈 검갑이 하나 더 늘어 있었다.

그가 말했다.

"철수하라 하지 않았느냐."

담담한 목소리의 그 말은 이현을 향하는 듯하기도 하고, 동창의 무인들을 향하는 듯하기도 했다.

"나는 보내 줄 생각이 없는데?"

쾅!

보란 듯이 검을 휘둘렀다. 휘두른 검은 그대로 근처에 있던 동창의 무인을 향했다.

동창의 무인은 급히 검을 들어 이를 막으려 했지만, 공력이 실린 이현의 검은 그 방어 자체를 우그러트리며 기어이 상대의 목숨을 끊어 놓았다.

그리고 다시 다음 상대를 찾는다.

무식하다. 거칠다 못해 투박하기까지 하다.

이전의 이현의 움직임과는 미세하게 다른 모습이었다.

이전이었다면 이보다 깔끔하게 했을 것이다. 아니면 그냥 시산혈해를 펼쳐 한방에 상황을 정리하려 했을 것이다.

그러나 그런 모습은 없다.

투박하고 무식하기 짝이 없는 힘으로 찍어 누르고 찢어발긴다. 패도라고 칭하기에도 지나치게 과한 모습이었다.

그런 이현의 움직임엔 혜광의 가르침이 녹아 있었다.

공력이니, 화려한 초식이니, 강렬하고 넓은 한방이니 하는 것을 일체 제외한.

오로지 더 강하고 단단한. 더 빠르고 강력하게 개인의 역량을 최대로 끌어 올리는 데에 집중한 가르침이었다.

다수가 아닌 소수. 그것도 자신과 비등한. 혹은 더 강한 상대와 싸울 때의 방식이다.

그럼에도 이현은 지금 그 방식을 고수했다.

퍽!

또다시 한 명의 목숨이 사라졌다.

단숨에 뛰어올라 무릎으로 얼굴을 찍어 터트리는 이현의 두 눈에는 살기가 가득했다.

그러나 반대로 이현의 머리는 차갑게 냉정을 유지하고 있었다.

'지금은 못 잡는다.'

용마루 위에 버티고 선 방갓의 사내를 잡는다는 건 현실적으로 무리다.

누가 더 강한가의 문제가 아니다.

너무 멀다.

용마루 위에 버티고 선 상대를 잡기 위해서는 적어도 다섯에서 여섯 번의 도약이 필요했다. 그럼 안 된다. 최대한 세 번. 그 세 번의 도약 안에 거리를 좁혀야 한다.

한 번에 도약할 수는 있지만, 그렇게 되면 자세가 불안해지고 속도도 더뎌질 수밖에 없다.

그러는 동안 상대도 가만히 있지 만은 않을 것이다.

반격을 하든, 피하든 할 것이 분명했다.

문제는 피했을 때다.

그땐 정말 잡을 수 없게 된다.

'이래도 안 움직여?'

그러니 먼저 움직이게 해야 한다. 먼저 거리를 좁히게 해야만 기회가 생긴다. 그러기 위해선 자극해야 한다. 가만히 지켜볼 수만은 없도록.

뭐, 끝까지 안 움직인다고 해도 상관은 없다.

'어차피 못 잡아도 손해는 아니다.'

이현은 냉정하게 손익을 계산하고 있었다.

비록 봉문했다고는 하지만 무당이 마냥 물렁하기만 한 곳은 아니다. 아무리 청수진인이 죽고, 이현이 떠나고, 혜광이 없다고 한들 무당은 무당이다.

기본 가락은 어디 가지 않는다.

그런 무당을 불과 백여 명의 숫자로 제압한다는 건 결코 쉬운 일이 아니다.

적어도 개개인이 일파의 장로급에 버금가는 무위를 갖추어야 가능하다. 물론, 방갓을 쓴 투검의 고수도 있다. 하지만 지붕 위에서 쓸데없이 무게나 잡고 뻗대고 있는 꼴을 보면 직접적으로 나서서 무당을 제압했을 것 같지는 않다.

결국, 백여 명의 숫자로 무당을 제압할 만한 동창의 고수들은 만만히 볼 상대가 아니다. 그것도 내버려 두면 적으로 만날 이들이다.

방갓을 쓴 사내도 잡으면 좋겠지만, 백여 명의 동창고수들을 잡는 것도 나쁘진 않은 결과다.

어느 쪽으로든 손해가 아니니, 이현은 더욱 거칠게 날뛰었다.

퍼석!

또다시 동창 고수 하나의 목숨이 꺼졌다.

이현이 내리꽂은 검이 그대로 정수리를 관통해 척추를 중심으로 상체를 좌우로 갈랐다.

활짝 펼쳐진 상흔에서는 붉은 피가 폭죽처럼 터졌다.

"……!"

그때.

또다시 방갓의 사내가 움직였다.

동창의 고수들을 상대하면서도 방갓을 쓴 사내의 일거수일투족을 눈에서 놓치지 않던 이현이 그 움직임을 모르지 않았다.

땅!

검을 휘둘러 날아오는 검을 튕겨 냈다.

"세 번째구나. 철수하……!"

그놈의 철수는 왜 그렇게 좋아하는지 그는 거듭 철수를 입에 올렸다.

동시에.

'지금!'

이현이 움직였다.

쿵!

강한 진각에 땅이 물결처럼 요동친다. 이현의 신형은 긴 잔상을 남기며 쏘아졌다.

탓! 타닷!

갈 지(之)자로 움직이며 전각의 기둥과 지붕을 밟은 이현의 신형은 순식간에 방갓의 사내 앞으로 이동했다.

'안 오면 내가 가야지!'

분명 거리가 멀다. 아니, 멀었다. 적어도 다섯 번은 도약해야 했을 만큼. 하지만 이현은 지금 불과 세 번의 도약으로 방갓 사내의 코앞에 당도했다.

거리를 좁혔기 때문이다. 동창의 고수들을 상대하면서. 무식할 만큼 과격하게 상대를 학살했다. 그리고 그 와중에 상대가 눈치채지 못하게 거리를 좁혔다. 기회를 노렸다.

검을 날리는 순간.

그 순간이라면 단번에 거리를 좁힐 자신이 있었다.

'넌 뒤졌어!'

순식간에 방갓의 사내에게 도착한 이현이 이를 악물었다.

방갓의 사내와 눈이 마주쳤다.

어찌나 철두철미한지 방갓을 뒤집어쓴 것도 모자라 눈 아래는 아예 복면으로 꽁꽁 숨겨 놓고 있었다. 하지만 눈은 아니다.

상대의 눈은 고요했다. 그 고요한 눈동자에는 달려드는 이현의 모습이 그대로 동경처럼 비쳐졌다.

막 출수를 한 뒤라 이현의 기습에도 몸은 아무런 반응도 하지 못하고 있었다.

스확!

그 위로 이현의 검이 내리꽂혔다.

검은 그저 부러지지 않을 정도면 족했다. 나머지는 오로지 힘과 속도. 그 두 가지 요소에만 정신을 집중했다.

방갓의 사내가 반으로 갈라진다.

"음……!"

하지만 놀란 신음성은 이현의 입에서 먼저 터져 나왔다.

손끝에 감촉이 없다. 검으로 전해져야 할 감각이 전혀 느껴지지 않는다.

그리고.

스스슷!

거짓말처럼 반으로 갈라졌던 사내의 신형이 분열했다.

천지사방.

마치 커다란 구를 이루듯 헤아리기 힘든 숫자로 분열한 사내의 신형이 이현을 둘러쌌다.

스확!

그리고 허리에 찬 검을 내뻗는다.

한 번에 수십 수백 개의 검이 이현을 향해 쏟아졌다.

쩡!

세상이 갈라졌다.

깨진 얼음 조각처럼. 산산조각 난 도자기처럼 부서진 빗금

이 허공을 가득 채웠다. 동시에 분열한 방갓의 사내를 부서트 렸다.

"……."

자소궁 용마루 위에 서 있는 건 이현 뿐이다.

부서진 사내의 신형은 허상처럼 사라져 버린 뒤다.

솔직히 놀랐다.

'천잔영휘(千殘影輝)?'

일순간 헤아릴 수 없을 만큼 많은 허상을 만들어 내는 신 법. 그 하나하나가 진짜이며, 또한 가짜이기도 한 신법.

신법이나, 그 자체로 무공이며 초식인 절세무공.

천잔영휘다.

이현은 기억하고 있었다. 과거 혈천신마때 그의 손에 죽은 고수 중 하나가 펼치던 절기였다. 다른 건 몰라도 그때도 신 법만큼은 나름 대단하다 생각했다. 그래서 기억을 하고 있었 을 뿐이다.

하지만 이현이 놀란 건 천잔영휘라는 신법 그 자체가 아니 다.

그 신법을 펼치는 이가 누구였는가다.

철영투괴(鐵影鬪怪).

혈천신마였을 때 천잔영휘를 펼쳤던 자는 철영투괴라는 별 호를 쓰던 이었다. 방금 천잔영휘를 펼친 방갓의 사내가 그

철영투괴는 아니다.

철영투괴는 꼽추였으니까.

이름 없는 약소 문파의 노비에 불과하던 그는 어느 날 기연을 얻은 주인이 발견한 천잔영휘의 비급을 훔쳐 익혀 철영투괴가 되었다고 알려져 있었다.

그리고 그가 철영투괴라는 이름을 얻은 후 가장 먼저 한 일은 당시 자신이 몸담았던, 천잔영휘의 비급을 훔쳤었던 문파를 지우는 일이었다.

이후, 천잔영휘의 비급을 본 자는 오로지 철영투괴뿐이다.

그러니 당연히 이 세상에서는 그만 펼칠 수 있는 무공이어야 한다.

그런데 철영투괴가 익혔어야 할 천잔영휘를 방갓의 사내가 펼쳤다. 그러고 보면, 이현이 된 지금은 철영투괴라는 별호를 들어 본 적도 없다. 아니, 그 인물이 존재는 하고 있는지도 의문이다.

어쩌면 과거와 현재가 뒤틀렸을 수도 있다.

그리하여 철영투괴가 얻었어야 할 천잔영휘가 다른이에게 전해졌는지도 모른다 여기면 그만이다.

다만, 지금 천잔영휘를 펼친 이가 혜광, 혹은 혜광이 말하는 그 주인이라는 작자와 직간접적으로 연결되어 있다는 것이다. 더불어 황실까지.

괜히 그것이 못내 찝찝하고 구렸다.

"……쩝. 놓쳤네."

어찌 되었든 결국 방갓의 사내는 놓쳤다.

설마 천잔영휘를 펼칠 수 있으리라고는 예상치 못한 것이 패착이라면 패착이다.

"어쩔 수 없지."

이현은 아쉬움과 함께 천잔영휘에 대한 고민은 일단 나중으로 미루었다.

방갓의 사내를 놓친 이상 이제 해야 할 일은 하나다.

용마루 위에 올라선 이현의 고개가 아래를 향했다.

"죽어!"

퍽! 펑! 퍼퍼펑!

피가 튄다.

이현은 그저 가만히 서 있을 뿐인데도 마치 보이지 않는 손이 움직이기라도 하는 듯 발아래에 있는 동창무인들의 몸이 스스로 터져 나간다.

이현은 알지 못하겠지만.

과거 신강에서 혜광이 천마수신위의 목숨을 거두었던 것과 너무나도 흡사한 모습이었다.

어쩌면 당연했다.

같은 것이었으니까.

과거 혜광이 천마수신위의 목숨을 거둘 때 펼쳤던 무공의 기반은 십단금이었다. 그리고 지금 이현이 동창 무인들의 목숨을 거두기 위해 펼쳐 낸 무공 또한 그와 같은 십단금이다.

방갓의 사내를 놓쳤으니, 더 이상 시간을 끌 필요가 없어진 탓이다.

"……허!"

몇몇 장로들의 입에서 허탈함이 섞인 경탄성이 터져 나왔다.

그네들의 눈에는 그저 가늠할 수 없는 신기로 보였을 터다.

하지만.

이현의 용건은 아직 끝나지 않았다.

척!

여전히 용마루 위에 버티고 선 채 검을 겨누었다.

그 칼끝이 무당의 장문인인 청성진인을 향하고 있었다.

이현이 그를 향해 말했다.

"무당은 내가 접수한다. 불만 있나?"

뜬금없는 접수 선언이다. 더구나 파문된 파문제자가 무당을 접수하겠다고 한다.

그런 이현의 선언에 청성진인은 고요한 두 눈으로 이현을 마주 바라보았다.

"그래. 그리하자꾸나."

그리고 입가에 온화한 미소를 그렸다.

* * *

이현이 무당파를 접수하는 사이.

방갓을 쓴 사내는 벌써 등도촌 외각에 당도해 있었다.

"……혜광이 죽었다."

그가 말했다.

그 말에 대답이 돌아왔다.

"……예."

회의였다. 예의 무표정한 얼굴로 고개를 숙이는 회의의 대답에 방갓을 쓴 사내도 담담히 마주 고개를 끄덕였다.

"나머지는 전멸이구나."

동원되었던 동창의 고수들은 전멸했다.

이현은 정확히 알지 못했겠지만, 이번 작전에 투입된 동창 고수는 모두 이백이었다. 그중 절반이 혜광에게 죽었고, 나머지 절반이 이현에게 죽었다.

하나하나가 일파의 장로에 비견될 만한 무위를 갖춘 이들이었다. 그들의 죽음은 황실의 입장에서도 결코 적지 않은 타격이었다.

"예."

하지만 회의는 동요하지 않았다.

이미 그렇게 될 것을 짐작이라도 했다는 듯이 그저 고개를 끄덕일 뿐이다.

하지만.

"……잘 컸더군."

이어지는 사내의 말에서만큼은 그럴 수 없었다.

"……무슨?"

누구를 가리키는 말인지 알고 있었다. 이현이다. 그리고 회의가 알기로 눈앞에 선 사내는 이현의 무위를 이미 한 번 목격한 바 있었다.

오왕부에서. 생사의 기로에서 회의를 구한 이가 바로 눈앞의 사내였으니까. 더불어, 그를 그 생사의 기로로 몰아 놓았던 이가 바로 이현이었으니까.

그러나 그땐 분명 아무런 감상도 없었다.

그런데 왜 이제 와서 그런 감탄을 터트리는 것일까.

이현과 방갓을 쓴 사내의 부딪침을 알지 못하는 회의로서는 당연한 의문이었다.

대체 무슨 일이 있었는가. 아니, 이현이 무엇을 보여 주었기에, 눈앞의 사내를 감탄하게 했는가.

회의는 그것을 묻고 싶었다.

"아니다. 가지."

그러나 그 질문을 던지기 전에 상대가 가로막아 버렸다.

"예."

회의는 고개를 끄덕였다.

먼저 걸어가는 그를 뒤따랐다.

스륵!

불어온 바람결이 방갓을 쓴 사내의 옷깃을 스치고 지나갔다. 그 바람에 휘날려 예리하게 잘린 피 묻은 앞섶이 잠시 나타났다가 이내 외투에 가려 사라졌다.

*　　　*　　　*

괜히 무덤 만든답시고 삽질하고 용쓰지 말거라. 나는 내버려 두어라. 죽음만큼은 고향의 그것과 같았으면 하구나.

혜광은 자신의 시신을 수습하지 말아 달라 요구했었다.

짐승의 먹이가 되길 원했다. 그의 부모가 그렇게 떠났듯, 혜광 또한 그렇게 떠나고자 했다.

물론,

기대가 너무 큰 것 아닙니까? 제가 뭐 하러 그쪽 무덤까지 만들어 줍니까? 뭐가 좋다고?

이현은 처음부터 혜광의 시신을 수습할 생각이 없었다.

전혀 이상한 그림이지만, 어쨌든 서로가 원하는 바가 같다.

그리하여 이현은 혜광을 두고 나왔다.

까마귀가 혜광의 시신 위로 내려앉았다. 이현에 의해 죽어 간, 그리고 그보다 먼저 혜광의 손에 죽어 간 동창 고수들의 시체도 넉넉하게 있으니 오늘 까마귀들은 포식할 듯싶다.

사람의 기척이 사라지고 나면 그 뒤에는 무당산 여기저기에 서식하는 들짐승들도 차려진 잔칫상에 한자리씩 차지하리라.

이현은 그렇게 다시 무당을 떠났다.

하지만 전과 다르다. 무당에서 파문되고 떠났을 때만 해도 함께 산문을 내려 온 이는 청화 하나뿐이었다. 그런데 지금은 무당의 모든 생존자들이 뒤를 따르고 있었다.

당연했다. 이현이 무당을 접수했으니까. 그런 이현이 명령했으니까.

수레 가득 무당의 보고가 실렸다.

선인(先人)을 기리는 위패는 물론이거니와, 그간 무당이 모으고 만들어 온 무공 비급. 그리고 온갖 영약과 법기를 비롯한 보물까지.

가벼운 마음으로 접수를 선언했던 이현이 당황스러울 만큼 짐은 의외로 많았다.

그렇게 많은 짐을 싣고 사도련으로 돌아왔다.

"장문사형!"

가장 먼저 반긴 것은 청화였다.

이현을 따라 무당을 떠나왔던 청화였지만, 청화에게 무당파는 자신을 키워 준 고향과도 같은 곳이었다.

이현의 등 뒤로 줄줄이 따라 들어오는 무당 식솔들의 얼굴을 보는 것만으로도 아주 좋아 죽으려고 한다.

나이 많은 사형들에게 붙어서 재잘재잘 이야기보따리를 풀어놓는다.

"오셨습니까! 련주님!"

"잘 다녀오셨습니까?"

그런 청화를 뒤로 하고 정만과 옥분이 이현을 반겼다.

"그래. 별일 없었지?"

이현은 대충 손짓으로 인사를 대신하며 물었다.

그 물음에.

"벼, 별일이라면 별일이 아주 없었던 것은 아니지만⋯⋯."

옥분이 말을 더듬는다.

"왜? 나 없는 사이에 어디서 쳐들어왔어?"

"그건 아닙니다만. 아무튼 신경 쓰실 일은 아닙니다. 좋으면 좋은 일이지, 나쁜 일은 아니니까요."

이현의 물음에 옥분이 어색한 웃음으로 답했다.

"뭐, 그러지."

그런 반응에 이현은 쉽게 수긍했다.

심각한 일이라면 이미 이야기했을 옥분이다.

이현이 가볍게 넘기는 일도 온갖 호들갑을 다 떨어 대며 위험하다 하는 옥분이니 만큼 신경 쓸 일이 아니라면 신경 쓸일이 아닐 것이다.

그리고 그보다.

"만나셨습니까?"

이어지는 옥분의 물음에 소소한 일은 관심에서 사라진 탓도 있었다.

혜광을 만났느냐는 질문이다.

혜광을 만나러 갔던 길이었으니, 옥분으로서는 당연한 물음이었다.

"만났어."

"그런데 왜……?"

"뭘?"

"왜 표정이 안 좋으십니까? 그렇게 만나고 싶어 하셨잖습니까."

"내가?"

옥분의 물음에 이현은 자신의 얼굴을 쓰다듬었다.

얼굴이 안 좋다니. 나름 이런 쪽으로는 예민한 옥분의 말이니 거짓은 아닐 것이다. 하지만, 딱히 얼굴이 안 좋을 일은 없었다.

굳이 찾자면 하나뿐이다.

이현은 흘깃 등 뒤에서 재잘거리는 청화의 모습을 살피고는 목소리를 낮췄다.

"황실에서 개입했더라. 그 노인네는 죽었고."

황실에서 개입했다. 그것 말고는 기분 나쁠 일이 없었다. 아니다. 생각해 보니 황실이 개입해서 뭔가 일이 애매하게 되긴 했다.

혜광을 죽일 생각은 없었는데 죽였다. 아니, 황실이 죽였다. 아니다. 황실이 죽였다고도 할 수 없다.

어찌 되었든 혜광의 심장을 꿰뚫었던 것은 이현의 검이었으니까. 방갓을 쓴 사내의 검은 그 뒤에 날아와서 혜광의 머리에 꽂혔을 뿐이다.

굳이 따지자면, 이현이 죽이고 황실에서 확인 사살을 했다고 보는 편이 옳았다.

물론, 그것도 뭔가 애매하긴 마찬가지다.

"염병! 생각해 보니 열 받네?"

갑자기 울컥 화가 치밀었다.

"이래서야 어디 가서 말하기도 애매하잖아!"

'내가 혜광을 죽였는데 사실은 죽일 생각이 없었고, 어쨌든 심장에 칼을 꽂긴 꽂았지만 마지막에 칼 꽂은 놈은 또 내가 아니고 황실에서 나온 시커먼 놈이었다.' 라고 말 할 수도 없지 않은가.

꼬여도 복잡하게 꼬였다. 괜히 기분만 더러워진다.

"화나신다는 게 그거셨습니까?"

옥분은 그런 이현을 황당하다는 듯 바라보았다.

혜광이 죽었다고 하기에, 당연히 그것 때문에 화가 난 것이라 짐작했던 옥분이었다.

또 그게 보편적인 사람들의 반응이기도 했고.

"그럼 뭐? 그거 아니면 내가 뭣 때문에 화가 나?"

하지만 이현은 그런 보편적인 사람들과는 전혀 다른 정신세계를 가지고 있었다.

"예. 그러시겠지요."

옥분도 알 만큼 안다고 생각하지만, 이따금씩 까먹고는 했다.

"그런데 황실에서 개입했다니……. 좀 의외긴 합니다? 듣기론 황태자가 그럴 사람은 아닌 것 같았는데요."

옥분이 파악한 황태자는 그럴 만한 사람이 아니었다.

자존심이 강하다. 권위주의적인 모습이 묻어나다 못해 철철 넘치는 수준이다.

아무리 본인이 밀어냈다지만, 그래도 선황이 어명으로 봉문을 명한 무당파였다. 황태자가 그런 무당파를 공격하는 건 그야말로 스스로 권위를 무너트리는 짓이었다.

황태자가 무당파를 쳤다는 건 아직도 믿기지 않는다.

"모르지. 쫄리니까 자존심이고 뭐고 다 내다 버렸는지도."

그러나 이현은 대수롭지 않게 넘겼다.

이현도 처음에는 긴가민가했다. 하지만 이미 벌어진 일이다. 두 눈으로 확인까지 했다.

확인까지 끝난 마당에 '그 인간이 그럴 인간이 아닌데.'라고 말 해 봐야 다 소용없는 짓이다.

이현이 괜히 그런 것에 돌아가지도 않는 머리 쓰는 인간도 아니었고.

"그런데 저건 왜 이제 나오냐?"

그런 이현의 눈에 급히 이쪽으로 뛰어오는 호설귀의 모습이 보였다.

그래도 명색에 사도련주인데.

복귀하기 전부터 맞이할 준비를 해도 모자랄 판에, 복귀 다하고 난 이제야 기어 나오다니.

가뜩이나 심사가 꼬일 대로 꼬인 이현의 눈에 곱게 보일 리 없다.

"죄송합니다! 급하게 온 전갈 때문에 마중이 늦었습니다."

그런 이현의 불만을 이미 예상이라도 했다는 듯 달려온 호설귀가 급히 말했다.

그의 말대로 호설귀의 손에는 둘둘 말린 두루마리가 들려 있었다. 얼핏 붉은 비단에 황금빛 문양이 섞여 있는 게 보였다.

호설귀는 급히 말을 이었다.

"황태자가 보내 온 전갈입니다."

"그놈이?"

황실이란 말에 이현의 검미가 꿈틀거렸다.

안 그래도 방금 황태자 때문에 열 오른 상황이었으니, 시기가 참 더럽게도 절묘했다.

"예!"

척!

호설귀는 고개를 끄덕이며 손에 든 어지를 펼쳐 들었다.

한눈에 보기에도 제법 길이가 길다.

"듣거……"

"용건만 간단히!"

"예."

딱 봐도 길어질 것 같은 분위기에 이현이 호설귀의 말을 잘랐다.

가뜩이나 싫은 놈이다. 그 싫은 놈이 쓴 글을 긴 시간 들여 들어 줄 만큼 이현은 너그럽지 못했다.

"이번 무당파를 공격한 일은 본의가 아니었다고 합니다. 미안하답니다."

그런 요구에 호설귀가 또 다시 고개를 끄덕이고는 내용을 간추렸다.

본의가 아니다. 미안하다.

"……."

그 말에 이현의 입술이 굳게 닫혔다.

이윽고 다시 열린 이현의 입술은.

"뭔 개똥같은 소리야! 미치려면 곱게 미쳐야지, 이게 뒤질려고!"

질펀하게 욕을 쏟아 냈다.

혜광이 죽었다. 무당파는 쑥대밭이 되었다. 아니, 그런 건 어차피 이현에겐 중요하지도 않다.

중요한 건 이현이 피를 봤다는 거다. 혜광에게 칼 빵을 맞았다. 뭔 소린지 알아듣지도 못하는 헛소리를 들어 가면서 멀쩡한 배에 칼 꽂혀 멀쩡한 쌩피를 줄줄 흘렸다.

그런데 이제 와서 '본의가 아니다. 미안하다.'라고 해 버리면.

"젠장! 야! 전쟁하자! 애들 다 불러 모아!"

짜증만 난다.

"아, 아직 안 됩니다!"

"주, 준비가 아직 안 끝났습니다!"

옥분과 호설귀가 기겁하고 막았다.

"연장 챙깁니까?"

생각 없는 정만이야 당장 전쟁이라도 나설 분위기였고.

"아! 몰라! 난 그 자식 죽일 거야!"

"제발 좀 참아 주십시오!"

계속해서 전쟁을 주장하는 이현을 진정시키기 위해 호설귀
와 옥분은 진땀을 흘려야만 했다.

한 가지는 확실했다. 이번 일을 벌인 황태자가 원하는 것이
이현을 향한 도발이나, 사도련에 혼란을 일으키는 것이었다면
그건 성공이었다.

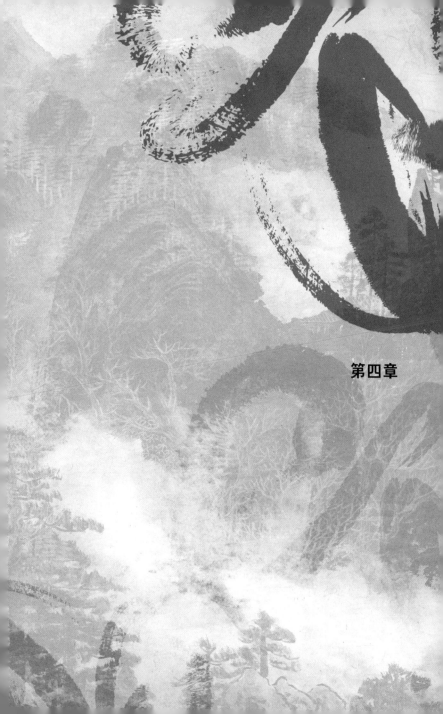

第四章

　결론적으로 말하자면 황태자는 전혀 그런 계획이 없었다. 이현을 도발한다든지, 사도련을 혼란에 빠트린다든지 하는 계획 말이다.

　황태자는 진심이었다.

　검고 두터운 휘장으로 모든 창을 막아 버린 방 안에 황태자가 앉아 있었다.

　"찾으셨습니까. 폐하."

　그리고 그 앞에 회의가 시립해 있었다.

　화륵!

　황태자는 그런 회의에게 눈길조차 주지 않고 조용히 호롱

불을 밝혔다.

삼매진화로 밝힌 호롱불은 어두운 방 안에 존재하는 유일한 빛이었다. 넓고 어두운 방 안에 바람이 휘도는지, 호롱불은 불안하게 흔들렸다.

황태자의 시선은 흔들리는 불빛에 머물러 있었다.

"회의."

"……예."

불러 놓고 한참 만에 황태자의 입이 열렸다. 여전히 시선은 자신이 밝힌 불빛에 머무른 채였다.

"짐에겐 비밀이 있다. 지금껏 단 한 번도 누구에게 발설한 바 없는 비밀이다."

"……."

그제야 황태자의 시선이 침묵으로 대답을 대신하는 회의에게 향했다.

"다섯 살 때의 일이었다. 기억하는가?"

"……예."

"그렇겠지. 그대도 그 자리에 있었으니, 기억하지 못할 리 없지."

황태자가 다섯 살이었을 때.

회의는 그가 무엇을 이야기하는지 알고 있었다.

세상에는 알려지지 않은 황궁의 비사. 아니, 비극이라고 해도 전혀 이상할 것 없었던 사건.

"그날 어미가 죽었다."

황태자가 다섯 살이 되던 해. 그해 황비가 죽었다. 황제의 두 번째 비이기도 했던 그녀의 죽음은 분명 커다란 사건이었다.

그럼에도 황실에서 그 사실을 묻었어야 했던 이유는 너무나 간단했다.

"그대에게만 말하지. 그날 짐은 보았다. 마차 안에 숨어 모두 보았다. 그날의 모든 일들은 짐의 뇌리에 각인되어 아직도 기억에서 지워지지 않는구나. 짐의 어미가 한낱 무뢰배에게 능욕당하던 그날의 그 모습이 말이다."

구중심처. 황궁은 요새나 다름없다. 밖에서 안으로 들어오는 일도 쉽지 않았으나, 안에서 밖으로 나가는 일도 결코 쉽지 않았다.

그런 황궁에서 외유를 허락 받았다. 황태자가 다섯 살이 되던 해에 황제의 윤허를 받고 이루어진 외유였다.

그리고 그날.

황태자의 어미이자, 황제의 부인은 무림인들에 의해 간살(姦殺)당했다.

이는 황실의 명예와 권위를 실추시키는 일이다.

그래서 극소수의 사람만이 아는 비밀로 묻혀졌다.

황태자 또한 그날의 일을 직접 목도하지 못한 채, 후에서야 소식을 전해 듣고 사실을 알게 된 것으로 알려져 있었다.

하지만, 황태자는 그날의 일을 간살이 아닌 능욕이라고 표현했다.

"그래. 간살이 아니었다. 능욕이었다. 너는 알겠지. 뒤늦게 도착한 네 앞에서 내 어미가 자결하였으니."

"……."

간살은 말 그대로 간하고 죽이는 것이다. 하지만 능욕은 다르다. 간할 뿐 죽이지 않는다. 황태자가 기억하는 그날 그의 어미는 능욕당하였을 뿐, 죽임당하지는 않았다. 목숨을 끊은 것은 그녀 스스로였다.

"왕자는 아무것도 보지 못하였습니다. 무뢰배들이 수혈을 짚어 이미 깊게 잠든 후였으니까요."

황태자는 담담히 읊조렸다.

그날. 그가 기억하는 어미의 말이었다. 이미 어미를 능욕한 무뢰배들이 떠난 뒤에서야 회의가 도착했다.

어미는 회의를 앞에 두고 그렇게 말했었다.

어린 나이였으나 안다. 왜 어미가 그런 거짓말을 입에 올렸는지.

혹여나 어린 자식이 이 일로 화를 당하지 않을까 저어한 탓이다. 그래서 그렇게 선을 그어 버렸다.

그리고.

　"이미 더럽혀진 몸입니다. 황실의 권위를 범한 년이
　어찌 환궁할 수 있겠습니까."

그녀는 회의가 보는 앞에서 스스로 목숨을 끊었다.
회의의 검으로. 그 긴 검을 스스로 목 깊숙이 박아 넣었다.
그렇게 죽었다.
그리고 안다.
"고맙다. 그날의 일은."
회의는 그녀를 막을 수 있었다. 그럼에도 막지 않았다.
그 또한 그녀를 위한 배려였음을 안다.
　황궁에 돌아갔을 때 그녀가 겪어야 했을 치욕과 비난을 회
의 또한 모르지 않는 탓이다.
　그렇기에 황태자는 회의를 원망하지 않았다. 오히려 어미의
죽음을 방조한 것과 다름없는 그에게 고맙다 이야기했다.
　그러나 그 원한이 사라지는 것은 아니다.
　"어미가 죽었다. 황실을 능멸한 무림 무뢰배들의 더러운 손
이, 황실이란 이름이 가진 무거운 권위가 어미를 죽였다."
　여전히 담담한 황태자의 목소리와 달리, 은은한 살기가 방
안을 감돌았다.

"왜 그랬을까? 짐은 모든 것을 보았음에도 왜 지금껏 아무런 말도 하지 않았을까? 그댄 짐이 왜 그랬으리라 생각하는가?"

오랜 침묵이었다.

지난 세월, 모든 것을 지켜보았음에도 아무런 말도 하지 않았었다.

황제. 아니, 아비가 황실의 권위를 위해 어미를 능욕하고 끝내 스스로 자결하게 만든 그 무뢰배들을 추포하는 것을 포기했을 때도. 그녀의 죽음을 애써 숨기고 묻어 버리려 했을 때도.

황태자는 침묵했다.

모든 것을 알면서도 모르는 사람처럼 굴었다. 그저 궁녀들의 뒷이야기를 통해서 주워들은 것처럼 광대 짓을 했다.

그것은 결코 말처럼 쉬운 일이 아니었다.

"……무림을 멸하실 생각이 아니셨습니까."

황태자의 물음에 회의가 답했다.

황태자는 그제야 웃으며 고개를 끄덕였다.

"맞다."

무림을 멸한다. 황실의 권위를 범하고도 아무렇지 않게 살아가는 무뢰배들의 세상. 국법을 우습게 여기고 이를 능멸하는 이들의 세상을 멸하고자 했다.

그래서 스스로 천마의 제자가 되었고, 그래서 스스로 황제를 밀어냈다. 과거. 아니, 혈천신마라는 존재를 기억하는 회의를 이용했고, 혈천신마였던 이현을 이용했다.

그렇게 그의 의도대로. 또는 의도하지 않은 방향대로.

지금까지 왔다.

현재의 상황은 그 반반의 결과였다.

황제가 예기치 못한 곳에서 끼어들어 일을 그르치게 만들었고, 혈천신마였던 이현은 무당신마라는 이름으로 필요 이상으로 커져 버렸다.

그럼에도 전체적인 상황은 황태자가 원했던 대로 황실과 무림의 전쟁 구도로 흘러가고 있었다.

원한과 울분을 참으며 그렇게 지금까지 왔다.

"그대는 짐의 바람을 망쳤다. 아느냐?"

황태자는 회의를 바라보며 물었다.

"……."

회의는 침묵했다.

그 침묵에 황태자는 기다렸다는 듯이 목소리를 높였다.

"어미는 황실의 권위를 위해 죽었다. 죽어서조차 지아비에게 버림받은 것 또한, 없었던 사람처럼 묻힌 것 또한 그 황실의 권위 때문이다."

황실의 권위.

황태자에게 그것은 애증과도 같았다.

어미를 죽게 만들었고, 어미를 버림받게 만들었다. 그럼에도 어미는 스스로 자결하면서까지 황실의 권위를 지키고자 했다.

아니, 애초에 황실의 권위를 가볍게 여기는 무뢰배들 탓에 모든 비극이 시작되었다.

그래서 광적으로 집착했다. 누구도 황실의 지엄한 권위를 넘보지도, 침범하지도 못하게 하고자 했다. 중원에 기생하는 무림을 지우고, 그런 세상을 이룩하고자 했다.

그런데 그것을 회의가 망쳤다.

"선황은 무당의 봉문을 명했다. 헌데, 네가 그 봉문을 깼구나!"

아직 정식으로 황제의 위를 계승하지 못한 황태자였지만, 그럼에도 거침없이 황제를 선황(先皇)이라 칭했다.

그가 그의 어미를 버렸을 때. 그리고 오랜 계획을 망치고 흔들었을 때 황태자는 이미 그를 황제로 인정하지 않았다.

그래서 원래의 계획을 앞당겨 가면서까지 쳐낸 것이다. 쳐내고 스스로 황제의 자리에 앉았다.

"황실이 황실의 언을 스스로 깬 것이 되어 버렸다."

문제는 그것이다.

선왕이 내린 봉문령을 황실이 스스로 깨 버렸다. 동창이 동원되었고, 회의가 동원되었으니 이는 부정할 수 없는 사실이다.

그리고 그 말은 곧.

황실이 스스로의 권위를 무너트렸다는 것과 같다.

황태자가 오랫동안 꿈꾸어 왔던 그것이 망가져 버렸다.

"혜광을 죽이라 명했다. 찾을 수 없으면 찾아오게 하라 명했다. 허나, 이건 짐이 바란 것이 아니다."

혜광은 죽었다.

황태자가 회의에게 명한 일이었지만, 이런 식의 죽음을 바란 건 아니었다.

혜광이 무당파로 복귀하고 있다는 소식을 들었을 때 급히 동창의 병력과 회의를 파견한 것 또한 무당이 아닌, 그 길목에서 혜광을 추살할 목적에서였다.

그러나 혜광은 무당에서 죽었다.

굳게 닫혀 있어야 할 무당의 산문을 황실에서 파견한 동창의 무인들이 열어 젖혀 버렸다.

"……송구합니다."

회의가 고개를 숙였다. 어떤 처벌이든 달게 받겠다는 듯 그저 고개를 숙인 채 아무런 움직임도 보이지 않았다.

그런 회의의 모습에.

"……화가 나는구나."

황태자의 입에서 힘없는 목소리가 흘러나왔다.

"아직 짐에게 그대가 필요하다는 사실이 너무나 화가 나 견딜 수가 없구나."

아직 무림과의 전쟁은 시작도 하지 못했다.

당연히 회의의 쓰임도 아직 남아 있었다. 본격적인 전쟁에 돌입하면, 가장 중요한 칼이자 방패가 되어 줄 존재가 바로 회의였으니까.

그러니 벌할 수가 없다. 벌을 하더라도 후일을 기약해야 한다.

그것이 황태자는 마음에 들지 않았다.

황실의 권위를 굳건히 하고자 모든 일을 시작했음에도 정작, 그 권위를 침범한 수하 하나를 어찌하지 못하는 이 상황이 너무나 이율배반적으로 다가왔다.

어쩔 수 없다.

"……혜광은? 그대가 죽였는가?"

황태자가 물었다.

혜광과 이미 한 번 검을 섞어 보았던 황태자다. 그가 파악하기로 무림에서 가장 강한 존재는 혜광이었다.

그런 혜광을 과연 누가 죽였는가.

회의를 바라보는 황태자의 두 눈이 깊게 가라앉았다.

"……예."

그리고 한참 만에 회의가 짧은 대답을 내놓았다.

"······알았다."

황태자 또한 긴 침묵 끝에 고개를 끄덕였다.

이후 어색한 침묵이 방 안을 감돌았다. 무거운 중압감이 두 사람의 어깨를 짓누르고 있었다.

그럼에도 누구 하나 먼저 말하는 이가 없다.

그때였다.

"폐하. 소신 태감 장지옥이옵니다."

문밖에서 내관의 목소리가 들려왔다.

늙었다고 할 수도, 젊다고 할 수도 없는 목소리의 주인은 오랫동안 황태자를 곁에서 보필해 온 내관이었다.

"들거라."

"예이!"

황태자가 그의 출입을 허락하자 그제야 문이 열렸다.

수염 없는 사내가 등을 굽히고 총총걸음으로 황태자의 앞에 섰다.

그의 두툼한 소매에 언뜻 잘 접힌 서찰이 드러났다가 사라졌다.

"무슨 일이냐?"

황태자가 물었다.

"반역 도당의 수좌에게서 답신이 왔나이다. 폐하!"

그 물음에 태감이 고개를 숙이며 답했다.

사도련에 보낸 어지에 대한 답장이 이제야 돌아왔다.

그런데 숙인 태감의 이마에는 식은땀이 가득했다.

"주거라."

황태자는 그 모습을 놓치지 않았으나, 개의치 않았다.

애초에 이현에게서 좋은 대답이 돌아오지 않을 것이라는 건 짐작하고 있는 바다. 그러기에는 그의 성정이 너무나 거칠고 안하무인이었으니까.

"예, 예! 명을 받드나이다."

황태자의 명에 태감이 주춤거리며 서찰을 건넸다.

서찰의 크기는 작았다.

그리고 그 안에 적힌 내용도 서찰의 크기만큼이나 적었다.

단 두 자.

그것이 서찰에 적힌 답신의 전부였다.

"개근(開根)?"

서찰을 읽는 황태자의 목소리에 의문이 깃들었다.

열 개에 뿌리 근. 전혀 그 의미를 알 수 없는 두 글자만 덜렁 서찰에 적혀 있었다.

사과한다는 의미로 보낸 어지에 대한 답신으로는 더더욱 의미를 가늠하기 어려웠다.

"저…… 그, 그것이 망극하옵게도……."

그러나 태감은 무언가 아는 분위기다.

"말하거라."

이제는 굵은 구슬땀을 뻘뻘 흘리면서 안절부절못하는 태감의 모습에 황태자가 명했다.

"그…… 사가에서는 속된 말로 흔히…… 개는 열 개를 뜻하고, 뿌리 근이 의미하는 바는…… 통촉하여 주십시오!"

차마 끝까지 답하지 못하고 엎드려 오체투지 하는 태감의 목소리는 금방이라도 울음을 터트릴 것만 같았다.

그 모습에 황태자의 짙은 검미가 꿈틀거렸다.

"짐은 그대에게 말하라 명했다. 어명을 무시하는 게냐?"

태감을 독촉했다.

그제야 두 눈을 질끈 감은 태감의 입에서 대답이 흘러나왔다.

"사, 사가에서는 흔히 좆까라고들 하옵니다. 폐하!"

전혀 예상치 못한 내용이었다.

* * *

자신이 보낸 깔끔한 쌍욕에 황궁이 혼란에 빠졌다는 사실을 알지 못하는 이현은.

"흐음……! 이것들은 또 왜 이래?"

당장 사파에 일어난 변화에 적응하지 못하고 턱을 긁적이고 있었다.

"싸우자! 황실 따위 박살 내 버리자!"

"우리 배도방이 선봉에 서겠소이다! 련주! 부디 믿어 주십시오!"

"예! 우리 수구방도 함께하겠소! 이참에 오만방자한 황실을 물리치고 중원의 진정한 주인이 누구인지 확실히 세상에 알리도록 하겠소이다!"

존재 자체가 배신과 야합의 상징인 사파다.

기회만 보이면 배신해서 황실에 붙으려고 용쓰던 그들이다.

그런데 지금 붉어진 얼굴로 피를 토할 듯 열변하는 모습만 보면 마치 외적을 향해 출병하는 충직한 용사들과 다를 바 없다.

혜광을 만나겠다고 고작 며칠 자리를 비웠을 뿐이다. 그런데 그런 것치고는 변화가 너무 급작스럽다.

그런 이현의 의문을 풀어 준 것은 옥분이었다.

"왜 이러긴 왜 이러겠습니까? 당한 거죠. 뭐."

"당해? 누구한테? 뭘?"

"투입하지 않았습니까? 장한곤."

"……아!"

참으로 별난 일이다. 갑작스럽게 변해 버린 사파의 분위기에 어리둥절했던 이현이었음에도, 장한곤이라는 이름 세 글자에 금세 납득해 버렸다.

"그놈이면 이럴 수도 있지!"

장한곤은 특별한 능력을 가지고 있다. 일국의 황제로 태어났으면, 천하를 호령했을 능력이다. 군대를 이끄는 장수로 태어났다면 상대국에게는 가장 무서운 존재가 되었을 능력이다.

그 능력의 정체는 도발. 아니다. 도발이라고 하기에는 애매하다. 격려라고 정의하기는 더더욱 애매하다. 장한곤의 능력은 격려와 같이 뜨뜻미지근하고 시시한 것이 아니었다.

어찌 되었든 장한곤과 한 식경만 말을 섞으면 없던 동기가 막 생겨난다. 사기가 충천하고, 싸우기 싫어 죽겠다는 인간이 싸우고 싶어 죽겠다고 돌변한다.

그건 이미 수로채를 칠 때 겪어 보았다.

덕분에 본의 아니게 수로채를 최단 기간에 접수하는 위업을 달성하게 됐으니, 어쨌든 장한곤의 능력은 진짜다.

"그래도 좀 빠른데?"

다만 단 하나 납득하기 어려운 것은 그 변화가 빨라도 너무 빠르다는 사실이다.

잠깐 자리를 비운 것치고는 더더욱.

"순회시켰습니다. 하룻밤이면 충분한데 뭣 하러 눌러 있게 합니까? 그냥 마실 나간다고 생각하고 한 바퀴 쓱 돌고 오라고 했습니다."

"아……!"

옥분의 설명이 더해지고 나서야 마지막 남은 의문도 말끔하게 해결되었다.

장한곤의 능력에, 옥분의 잔머리가 더해진 결과다.

어찌 되었든 덕분에 당장 전쟁을 하고 싶어 미치겠다는 인간들이 제법 많아졌다.

황실과 전쟁을 주장하는 이현의 입장에서야 당연히 환영할 만한 일이다.

"그보다 일은 어떻게 돼 가?"

이현은 질문을 바꾸었다.

그 물음에 밝았던 옥분의 얼굴이 찌푸려졌다.

"아……! 그것 말입니까? 그런데 그거 꼭 지금 해야 하겠습니까? 조금만 더 준비하고 하면……."

옥분의 불만은 얼굴에 고스란히 드러나 있었다. 옥분이나 호설귀나 같은 생각이다. 아직 준비가 부족하다. 더 준비한 다음에 움직여도 늦지 않다는 것이 그들의 판단이었다.

하지만, 그 판단도 이현 앞에서는 다 소용없는 짓이다.

황태자의 어지에 뚜껑이 열려 버린 이현은 당장 전쟁을 벌일 것을 주장했다. 그걸 말리느라 진땀을 뺀 옥분과 호설귀는 어쩔 수 없이 절충안을 내놓을 수밖에 없었다.

전쟁에 앞서 필요한 밑 작업이다. 어쩌면 이 밑 작업이 실질적인 전쟁의 시작일지도 모른다.

그만큼 철저하게 준비하긴 했지만, 그 또한 아직 시기가 이르다.

하지만 어쩌겠는가.

그것이라도 안 하면 당장 미쳐 날뛰는 이현을 말릴 수가 없는 것을.

그래도 옥분은 내심 이현이 지금이라도 정신 차리고 물러서 주길 바랐다.

물론.

"안 그럼 그냥 이대로 애들 끌고 황실 쳐들어갈까?"

이현은 그럴 생각이 전혀 없었지만.

옥분과 호설귀의 반대만 아니었다면, 당장이라도 사파의 무인들을 이끌고 황실로 돌입할 태세다.

"아니면? 너희한테 장한곤 붙여 둘까?"

이현은 자신의 강경한 뜻을 장한곤이란 이름을 앞세워 마음껏 표출했다.

아직 전쟁을 벌이기에는 준비가 부족하다는 옥분과 호설귀였지만, 만약 옆에 장한곤이 붙어 그 특유의 능력을 마음껏 발휘한다면.

"……으윽! 다 죽이고 싶어 환장하셨습니까?"

옥분은 상상하는 것만으로도 끔찍한지 몸서리를 쳤다.

전쟁은 미친놈들이 벌이는 짓이고, 또 사기가 중요하다는 건 옥분도 인정한다. 하지만 그 와중에 냉철한 이성으로 상황을 이끌 사람도 반드시 필요하다.

그 역할이 옥분과 호설귀다.

아무리 단순 무식하고 저돌적이기만 한 이현이라도, 그걸 모를 리 없다.

그걸 몰랐다면 애초에 사사건건 그의 일에 반대부터 하고 보는 옥분을 곱게 살려 두지는 않았을 것이다.

그만큼 전쟁을 향한 이현의 의지가 확고하다는 뜻이리라.

"지금쯤……."

말릴 수 없음을 확인한 옥분은 고개를 들어 하늘을 바라보았다.

태양의 높이로 시간을 가늠해 본다.

그리고 고개를 끄덕였다.

"한창 일 벌리고 있을 것 같습니다."

밑 작업은 이미 시작되고 있었다.

*   *   *

옥분이 태양을 바라보며 시간을 가늠하고 있을 때.

해안가에는 때 아닌 수적, 산적, 마적, 해적. 줄여 사적의 연합작전이 펼쳐지고 있었다.

텅!

현판이 떨어졌다.

그리고 새로운 현판이 걸렸다.

사적염전(四賊鹽田).

대충대충 휘갈겨 먹물이 뚝뚝 떨어지는 글자가 현판에 당당하게 자리 잡혔다.

그리고.

내린 현판을 한 손에 쥔 정만이 제압된 인부들을 향해 부리부리한 눈을 빛냈다.

"여긴 오늘부터 우리가 접수한다!"

불과 조금 전까지만 해도 황실 종친의 소유였던 염전 하나가 사적에게로 떨어졌다. 그리고 지금 해안가와 섬 곳곳에 존재하는 염전들 또한 이곳과 같은 처지였다.

사적. 그중에서도 수적과 해적은 전원이 투입된 작전이다.

불법적으로 소금을 제조해 전비를 비축하였으니, 이제 황실이 갖고 있는 염전을 차지해 황실 재정을 틀어막을 심산이었다. 그것이 옥분이 계획했던 전쟁에 앞선 사전 작업이었다.

그리고 옥분이 계획한 사전 작업은 아직 더 남아 있었다.

＊　　＊　　＊

　중원 보부상계의 큰 손인 창인은 흘러내리는 식은땀을 좀처럼 숨길 수가 없었다.

　본디 관과 연계하는 장사 품목을 취급하다 보니 관부와의 인맥은 막강하기 이를 데 없었다. 또한, 그의 아래에 수족처럼 움직이는 보부상들의 숫자만 물경 수백에 달한다.

　그러니 어지간한 상단에서는 감히 함부로 대할 수가 없다. 어디 그뿐인가. 지방에서 방귀깨나 뀐다 하는 관리와 유지들도 그를 함부로 대할 수 없는 것은 마찬가지였다.

　자칫 밉보이기라도 하는 날에는 그 지역 물자는 보름 앓은 변비처럼 꽉 막혀 버린다.

　아니, 굳이 그렇게 하지 않아도 그간 뒷돈 찔러 준 고관대작에게 일러바치는 것으로 충분하다.

　당연히 그런 창인을 식은땀 흘리게 할 존재는 그리 많지 않았다.

　그리고 지금.

　창인의 앞에 그 식은땀을 흘리게 만들 만한 인물이 넙데데한 얼굴을 바짝 들이대고 있었다.

　"그래서? 우리 물건은 취급 안 하시겠다? 돈이 썩어 넘치시나 봐? 이제 뒷산 올라갈 때도 세금 내게 해 드려? 엉?"

흔히 상인의 천적이라 하면 가장 먼저 떠올리는 이들이 있다.

상행의 성패를 결정하는 중요한 존재이자, 직업군 이름 뒤에 적(賊)자가 붙은 인간들.

그중에서도 주로 깊은 산에 거주하며 세금 받아먹고 사는 흔히 산적이라 불리는 이들은, 두발로 걸어 중원을 오가며 상행위를 해야 하는 보부상들에게는 제일의 천적과도 다름없는 존재였다.

그 산적들의 우두머리. 산적왕이라 불리는 양자호가 지금 얼굴을 디밀고 불편한 심기를 마음껏 표출하고 있으니 창인은 그저 비 오듯 식은땀을 흘리는 수밖에 달리 도리가 없었다.

"그게…… 소금은 황실에서 취급하는 물건이라…… 황실의 허가 없이 사사로이 매매하는 것은 밀매라 하여 불법……."

소금 거래. 그것이 다른 일이었다면 단번에 고개를 끄덕였을 창인이 이렇게 곤란한 표정을 짓고 있는 이유다.

"그래서? 깨끗한 척하시겠다? 그럼 깨끗하게 죽여 드릴까?"

"아, 아닙니다!"

가뜩이나 험상궂은 얼굴에 인상까지 찌푸리니 그 살기가 진득하게 몰려들었다.

기겁한 창인이 새하얗게 질린 얼굴로 급히 손을 내저었다.

아무리 보부상이란 직업이 위험한 직업이라고는 하지만, 창인도 이런 식으로 죽기는 원치 않았다.

그런 창인에게 산적왕이 쐐기를 박았다.

"사적회라고 들어 보셨나? 산적, 수적, 마적, 해적. 응? 우리 사적회야. 우리 뒤에 사도련주께서 버티고 있다 이 말씀이지! 중원 어디에도 장사 못 하게 해 드릴까? 응?"

산적왕 하나가 움직여도 버겁다. 하물며, 뒤에 적자 붙은 직업군이 함께 움직인다.

하늘을 나는 재주가 있는 것이 아닌 이상 어디를 가든 어떤 식으로든 마주칠 수밖에 없다. 이건 손발 다 묶어 버리겠다는 뜻이다.

보부상이 움직이고 돌아다녀야 보부상이지, 발 묶이면 시전 상인만도 못한 처지다. 당연히 팔지도 사지도 못하니 장사는 망할 것이고, 파산은 예정된 수순이다.

그 끔찍한 미래에 창인도 더 이상 국법에만 매달릴 수는 없었다.

"하, 하겠습니다!"

"그래! 좋아! 이러니까 서로 얼마나 좋아. 안 그렇습니까?"

그제야 산적왕 양자호의 얼굴에도 웃음이 폈다.

그러다 문득 정색했다.

"아! 그리고 황실에서 나오는 소금은……."

말끝을 흐렸지만 그 뜻을 모를 창인이 아니다. 그 정도 눈
치도 없었으면 보부상들의 대부로 성장할 수 없었을 테니까.

"끊겠습니다! 예! 끊어야지요!"

이미 갈 만큼 간 상황이다. 청인의 대답에는 망설임이 없었
다.

물론, 그간 황실과 거래를 트며 쌓아 온 인맥과, 찔러 넣은
뒷돈이 아깝기는 하다. 하지만 당장 살려면 당분간 황실과의
거래는 끊어야 했다.

그런 저극적인 자세에 산적왕이 어깨를 두드렸다.

"그래! 우리 잘해 봅시다. 내가 떼돈 벌게 해 드릴게!"

협상 완료다.

이로써 산적왕은 자신에게 떨어진 임무를 훌륭하게 완수할
수 있었다.

중원에 이어진 모든 소금 판로를 틀어쥔다.

그것이 옥분이 계획한 또 다른 사전 작업이었다.

＊　　　＊　　　＊

옥분이 계획한 사전 작업은 불과 한 달 만에 가시적인 효
과를 드러냈다.

황실에서 운영하던 대부분의 염전이 이현에게 떨어져 버렸다.

소금 수급이 불가능하다. 그나마 아직 넘어 가지 않은 염전들도, 불안하기는 마찬가지였다. 언제 해적들이 들이닥쳐 접수할지는 알 수 없는 일이었으니까.

그나마 안정적으로 소금을 수급할 수 있는 곳은 내륙의 암염 지대다.

내륙에 위치한 만큼 상대적으로 외부의 침임에 안전할 수 있었다. 더욱이 해안가의 다른 염전보다 군사를 주둔시키기에도 편했다.

당장 발등에 불이 떨어진 황실의 입장에서는 최대한 암염 지대에서 소금을 확보하는 데 집중할 수밖에 없었다.

하지만.

그럼에도 팔리지 않는다.

애초부터 밀염을 취급했던 흑점과 하오문은 물론, 그동안 거래해 온 각 상단과 보부상들까지 소금을 사 가려 하지 않으니, 팔 수 있는 방법이 없었다.

소금의 수급도 어렵고, 팔 수도 없다.

거기에 황실을 더욱 곤란하게 만든 것은, 그럼에도 시중에 풀리는 소금의 시세는 점점 더 떨어지고 있다는 것이다.

소금을 독점하다시피 한 이현이 작정하고 가격을 후려쳐

박리다매로 소금을 팔아 치우고 있는 탓이다.

그러니 백성들은 불만이 없다.

문제는 그것이다. 백성이 불만이 없다. 하지만 밀염을 매매하는 건 불법이다. 더욱이 당장 수입원이 위협받는 황실의 입장에서는 어떻게든 단속을 강화할 수밖에 없다.

그럼 그 불만이 어디로 향하겠는가.

물어볼 것 없이 황실이다.

싸고 좋은 소금이 풀렸는데 이를 사지 못하게 하는 것도 모자라, 정작 그렇게 매매를 막아 버리고는 소금을 공급하지 못하고 있었으니까.

"……크게 당했군."

직접 정성과 진심을 담아 길게 써서 보낸 어지는 상스러운 답장으로 돌아왔다. 그것도 모자라 이번엔 또 크게 한방을 얻어맞아 버렸다.

황태자는 쓰게 웃었다.

第五章

"……민란이라……!"

민란이 일어날지도 모른다. 날로 백성들의 불만이 쌓여 가고 있다.

밀염 매매는 불법이라고 막아 놓고도, 아무런 대안을 제시하지 못하니 그네들의 입장에서는 당연히 그럴 수밖에 없다.

사실 해결책은 간단했다.

"신료들은 당분간 밀염 매매를 눈감아 주는 것이 어떻겠냐는 입장입니다."

회의의 말대로다.

그냥 눈감아 주면 된다. 그러면 황실의 수입은 줄어들겠지만, 백성들의 불만은 잠재울 수 있다.

"불가하다."

하지만 그건 황태자의 자존심이 허락하지 않는 일이다.

황실이 소유해야 할 소금 매매권을 빼앗기고도 이를 묵과한다는 것은 곧 스스로 황실의 권위를 추락시키는 것과 다를 바 없었다.

"전쟁이 멀지 않았다."

황태자는 확신했다.

소금 판매권을 위협하는 이현의 행위는 전쟁을 위한 서막에 불과할 것이다. 이현은 소금을 판매한 돈으로 군비를 충당하고 빠른 속도로 세를 확장시키고 있었다.

이현의 목적이 황실과의 전쟁인 이상, 이제 그때가 코앞까지 당도해 있음을 누구나 알 수 있었다.

이렇게 된 이상 황실도 준비해야 했다.

"회의. 잠시 국경에 다녀와야 할 듯싶다. 그대는 여기 남아 상황을 지켜보도록 하라."

"……예."

회의는 고개를 숙여 답했다.

그러나 그의 눈동자는 잘게 떨리고 있었다.

황태자가 국경으로 외유를 나선다. 그리고 국경에는 아직 황태자를 인정하지 않는 각 군부의 장수들과 대군이 존재하고 있었다.

만약 황태자가 그들을 포섭한다면.

그 칼이 어디로 향할지는 불 보듯 뻔한 일이었다.

*   *   *

소금 때문에 황태자가 예상치 못한 난관에 처해 있을 때.

이현 또한 예상치 못한 난관에 처해 있었다.

"역시 대단하십니다! 저는 련주께서 이렇게 철두철미하고 치밀하신 분인 줄 미처 알지 못했습니다! 이 배도방주 앞으로 충심으로 련주님을 모실 것을 약속드립니다!"

한참을 떠들던 배도방주가 나섰다.

"……저게 뭔 말이냐? 치밀? 내가?"

그 뒷모습을 바라보는 이현의 얼굴에는 황당하다는 기색이 역력했다.

장한곤이 이상한 소문을 내고 있다.

산적, 마적, 수적. 그리고 해적까지.

그 사적을 모두 통합한 이현은 처음부터 황실과의 싸움을 준비하고 있었다는 투의 이야기다. 그 결과가 이번 밀염 판매로 드러났다는 것이다.

그럴 듯은 하다.

중원 상계. 그것도 식생활에 반드시 필요한 소금을 이용한 상계 장악이라니. 이만한 전력도 없다.

다만, 정작 이현은 전혀 그럴 생각이 없었다는 게 문제였지만.

그러나 아직 끝난 것이 아니었다.

벌컥!

"헤헤! 사질 다시 봤어!"

이상에, 착각에 빠져서 헛소리나 지껄이던 배도방주가 빠지고 나니, 이번엔 청화가 문을 벌컥 열고 들이닥쳤다.

허락도 없이 쳐들어온 주제에, 난데없이 몸을 배배 꼬고 옆구리를 콕콕 찔러 댄다.

당연히 이현의 입에서 고운 말이 나올 리 없었다.

"미쳤냐?"

그런데 웬걸.

평소라면 대번에 빽 소리를 내지를 청화가 어째서인지 웃는다.

"장문사형한테 들었어. 너 무당파 지키려고 접수했다면서? 봉문이 깨져서 무당파가 위험해졌으니까."

"……그런데?"

이현은 눈을 끔뻑였다.

배도방주도 그러더니, 이번엔 청화까지 어디서 쓸데없는 말을 듣고 와서는 이상한 말을 지껄이고 있다.

그리고 그게 대체 청화가 몸을 배배 꼬는 것과는 또 무슨 상관인가.

"네가 무당파를 지켜 주려고 하는 거잖아. 그래서 무당파 식구들을 모두 여기에 들인 거고!"

이어지는 청화의 말을 듣고서야 어떻게 된 오해인지 대충 짐작이 갔다.

봉문이 깨진 무당파는 위험하다. 황제가 명한 봉문을 황태자가 직접 깨트렸다. 은원이 가득한 무림. 그런 무림에서 온갖 은원을 만든 이현이다. 파문당했다한들 무당의 제자라는 과거가 어딜 가는 것은 아니니 그 원한을 갚겠다고 덤벼드는 것들은 또 얼마나 많을까.

자칫 정파의 잔존 세력들이 모두 뭉쳐 무당파를 치려 할지도 모른다.

그래서 이현이 그들을 접수하고 사도련에 들였다.

뭐, 얼추 청화는 그렇게 생각하는 듯 했다. 또 그럴듯한 이야기이기도 했으니 그렇게 믿는 것도 무리는 아니다.

다만, 이현은 전혀 그런 의도로 무당파를 접수한 것이 아니었다는 게 문제였지만.

"뭔 개소리야? 나는 그냥 황실이랑 싸울 때 머릿수나 좀 채워 볼까 하고 접수한 건데?"

단지 그뿐이다.

혜광이 죽고 그 자리에 있던 동창의 무인들을 모두 죽였다. 그러나 방갓을 쓴 채로 칼 날리던 그 인간은 못 잡았다. 뭔가 아쉬웠을 뿐이다. 그래서 아쉬운 김에 무당파라도 접수했다.

곧 전쟁을 벌일 테니 머릿수 정도는 더할 수 있겠다 싶어서였다.

하물며, 그래도 무당파라 하면 한가락 하던 문파 아닌가. 머릿수만이 아니라 전력적인 측면에서도 훌륭한 자원이었다.

단지 그런 이유에서 접수했다. 정말이다.

"에이! 창피해하기는! 너는 그게 문제야! 왜 당당하게 이야기를 못 해? 무당파를 지키려고 접수한 것처럼 했다고!"

헌데 안 믿어 준다.

"아니라니까!"

아무리 소리 질러 봐야 마찬가지다.

뒷목이 뻣뻣해졌다.

갑자기 들이닥친 자신에 대한 오해에 머리가 복잡해졌다.

과대평가야 환영할 만한 일이었지만, 그래도 이런 식의 오해는 그다지 반갑지가 않았다.

이건 너무 허무맹랑하지 않은가. 과대평가도 과하게 평가할 게 있어야 과대평가지, 이건 뭐 평가하는 기준 자체가 틀려먹었다.

특히나 지금 청화가 하고 있는 오해는 꼭 호구가 된 것처럼 느껴져 더 싫다.

차라리 무위가 과대평가되었더라면 얼마나 깔끔하고 좋단 말인가.

그래도 뭐 어쩔 수가 없다.

장한곤이야 그냥 제 멋대로 떠들고 다니고, 청화는 또 멋대로 오해하고 있지만 그뿐이다.

칼도 아니고 이상한 오해가 떠돌아다닌다고 해서 딱히 뭐 문제가 되는 건 아니었으니까.

"그래! 그렇다고 치자!"

그러니 찝찝하긴 해도 그냥 그러려니 하고 넘어가려고 했다.

"헤헷! 역시 그럴 줄 알았어! 이것 봐! 이렇게 솔직하니까 얼마나 좋아? 안 그래?"

덕분에 청화만 좋아 죽는다고 난리였지만, 깔끔하게 무시했다.

어차피 이번 잠깐뿐이다. 그렇게 믿었다.

*　　　*　　　*

믿었다. 잠깐뿐이라고. 어차피 나빠질 건 없다고 그렇게 믿었다.

그렇게 믿었는데 한 가지 간과한 것이 있었다.

"우리 사질이 있잖아요? 정말 성격 나쁘고, 입만 열면 욕이고, 예의도 없는데요? 그래도 알고 보면 진짜 착한 애예요. 이번에도 우리 무당파 지키려고 우리 사질이 어떻게 했냐면요……."

청화다.

쥐똥 같은 년이 그게 뭐 그리 자랑할 만한 일이라고 동네방네 떠들고 다닌다.

안 그래도 요즘 부쩍 사도련 내의 마당발로 통하는 청화가 만나는 사람마다 붙잡고 그딴 소리나 하고 있으니 소문이 안 나려야 안 날 수가 없다.

그저 잠깐의 오해로 지나갈 일이라 생각했던 것이 예상보다 점점 더 크게 번져 가고 있다.

덕분에.

"뭐, 뭐냐?"

"헤헷! 우리도 들었어요! 고마워요 사범님!"

소동들이 찾아와서 고맙단다. 종알거리는 청화의 말을 듣고 왔는지 배시시 웃으며 그렇게 말하는데 괜히 심히 찝찝하다.

"아니다! 어디서 뭘 듣고 왔는지 모르겠는데 일단 아니야!"

일단 부정했다.

"어? 진짜네요? 창피해서 아니라고 하실 거라 하셨는데? 헤헷! 그래도 고마워요."

물론, 이제 와서는 다 소용 없는 짓이다.

청화에게 무슨 세뇌를 받고 왔는지 믿어 주질 않는다.

"에이. 그분이? 설마! 전혀 그러실 분으로는 안 보이시던데?"

청화가 동네방네 내고 다닌 소문의 위력은 비단 소동들에게만 발휘되는 것이 아니었다.

사도련에 속한 무사들끼리 뒤에서 속닥인다.

"선자님께서 직접 말씀하셨잖나! 그럼 자넨 선자님이 지금 거짓말을 하시고 계신다는 겐가!"

"예끼! 어떻게 내가 선자님이 거짓말 하신다고 생각할까! 다만 놀라워서 그렇지. 솔직히 의외잖나. 그 무서운 분이……."

쥐뿔 한 것도 없는 주제에 청화가 사도련 내에서 차지하는 비중에 적지 않은가 보다.

어떻게 된 것이 청화가 거짓말을 한다고 생각하는 것 자체가 무슨 커다란 불경이라도 되는 것처럼 지껄이고 있지 않은가.

"아무리 파문당하셨다고 하시지만, 그래도 키워 주고 가르쳐 준 문파라 그러신 게지. 우리에겐 좋은 일이지!"

"좋은 일이라니?"

"자신을 파문한 문파도 저리 챙기시는 분이시지 않은가. 헌데 우리는 또 오죽 챙기시겠는가."

"그, 그런가? 하긴, 선자님께서도 이토록 우리들을 챙기시니……."

"그게 어쩌면 련주님의 의중일지도 모르지. 직접 나서기보다는 뒤에서 은근하게 선자님을 통해서 챙기시는 것 말이야."

이젠 아주 지들 멋대로 그럴듯한 이유까지 만들어서 이야기한다.

소문이 눈덩이처럼 커졌다. 아니, 이제는 눈덩이 정도가 아니다. 이 정도면 눈사태다. 이대로 가다가는 정말 팔자에도 없는 마음씨 좋은 인간 되게 생겼다.

특단의 조치가 필요했다.

＊　　　＊　　　＊

청화가 입방정을 떨어 대고 있는 원인을 따지고 보면 다 무당의 장문인 청성진인 탓이다.

청성진인이 괜히 청화에게 쓸데없는 말을 해서는 일이 이렇게 되었다.

그러니 이 말도 안 되는 오해를 풀려면 청성진인에게 확실히 이야기하는 편이 낫다.

무당파를 지킬 생각은 해 본 적도 없다고!

"아시겠습니까? 그냥 머릿수 채우려고 무당파 접수한 것뿐입니다. 예?"

두 눈 똑바로 뜨고 면전에서 확실하게 못 박았다.

"……."

청성진인은 대답이 없었다.

호르륵!

그저 조용히 내온 차를 음미할 뿐이다. 두 눈을 감고 차 맛을 음미하는 청성진인의 입가에 옅은 미소가 번진다.

그리고.

"그래. 그리하자꾸나."

담담히 고개를 끄덕인다.

헌데 어째 대답이 이상하다. 꼭 그렇다고 치자 라는 투다.

"그리하자꾸나가 아니라. 그런 겁니다!"

그걸 확실히 바로 잡았다.

"그래. 그런 것이로구나."

분명히 수긍했다. 이번에는 확실히. 헌데.

"허허허! 고맙구나. 이리도 우리를 생각해 주니."

어째 또 이상한 오해를 하고 있는 듯하다.

"하긴, 본디 우리 무당은 정파. 사파의 중심인 이 사도련에 들어와 있는 것 자체가 말이 안 되는 일이지. 사파인들의 입장에서는 우리를 지킨다는 것 자체가 불만일 수 있을 터. 또 그 불만이 우리 무당에 향할 것은 자명한 사실임도 잘 안다."

하고 있다. 오해. 확실히 또 오해를 하고 있는 것이 분명했다.

왜 또 이상한 데에서 오해의 삽질을 열심히 하고 있는지는 몰라도 청성진인의 말은 아직 끝나지 않았다.

"네가 얼마나 무당을 신경 쓰는지는 잘 알고 있다. 지난 날 네가 내게 파문을 청하였을 때도, 무당을 접수하겠다 선언하였을 때도. 그리고 지금 이 자리에서 그리 말을 하는 것도 어째서 그러한 것인지 잘 안다. 무당을 지키기 위함임을 잘 안다. 허니, 심려치 말거라."

청수진인이 죽고 황태자와의 대립이 있었다. 그리고 얼마 지나지 않아 이현은 청성진인과의 독대에서 파문시켜 줄 것을 청했다.

그리하여 스스로 무당의 상징이라 할 수 있는 해검지에 검을 꽂고 물을 말려 버렸다.

그것을 빌미로 파문당했다.

청성진인은 그것이 무당을 지키기 위한 행동이라 오해하고 있었던 것이 분명했다. 황태자와 대립했으니 그 화가 무당에 미치기 전에 스스로 무당과의 연을 끊은 것으로 말이다.

'염병! 어쩐지 쉽게 파문시켜 주더라니!'

왜 자꾸 이 인간이 쓸데없는 오해의 삽질을 계속하나 했더니 그것이 원인이었다.

그러고 보니 무당파를 접수하겠다고 했을 때도 허무하리만큼 쉽게 고개를 끄덕였었다.

시작부터 줄곧 오해를 하고 있었으니, 이제 뭘 해도 죄다 오해의 늪에 스스로 뛰어 들어 허우적거리고 있는 것이다.

"젠장! 파문시켜 달라고 했을 땐 그냥 무당파가 꼴 뵈기 싫어서 그랬던 겁니다! 다른 이유는 없습니다. 무당파 접수한 것도 단순히 황태자 놈이랑 싸울 때 머릿수 채우려고 그런 거고!"

결국 다시 한 번 사실을 확인시켜 주는 수고를 해야 했다.

헌데.

"허허! 그렇구나."

어째서인지 믿는 눈치가 아니다.

*   *   *

사실을 말해도 믿어 주지 않으니 도리가 없다.

결국 이현이 찾은 건 그의 꾀주머니인 옥분이었다. 이런 일 해결하는 데에는 잔머리 잘 굴러가는 옥분 말고는 딱히 떠오르지 않았다.

"뭘 또 그러십니까? 좋잖습니까. 나쁜 소문도 아니고. 그냥 신경 쓰지 마시지요?"

그런데 옥분의 반응은 심드렁했다.

정작 이현은 답답하고 찝찝해서 미칠 판인데 옥분은 그게 뭐가 대수냐는 투다.

사실 문제가 있는 건 아니다.

혈천신마 때는 살아 있는 사람을 삶아 먹었니, 매일 동남 동녀의 피를 뽑아 목욕을 하느니 하는 온갖 오해와 악소문을 달고 살았으니까.

거기에 비하면 그리 문제 될 소문은 아니다.

다만 문제는 이현 본인은 혈천신마 때 떠돌았던 소문과 악담이 차라리 낫다고 생각하고 있었다는 점이었다.

"이건 너무 호구 같잖아."

혈천신마 때 떠돌던 악소문은 공포심을 만들어 주었다. 소문이 무서워서라도 누구도 함부로 할 수 없었다. 이름만 들어도 벌벌 떨게 만드는 효과까지 있었다.

헌데 지금은 어떤가.

소문이 돌아서인지 처음에는 낯선 환경에 적응하지 못하고 주눅 들어 있던 소동들이 허구한 날 찾아와서 놀아 달라고 땡깡을 부려 대고, 앞에만 서면 벌벌 떨던 사도련의 무인들은 물론, 시비들까지 은근한 친근함이 깃든 눈으로 바라본다.

영 적응 안 된다. 낯설다.

"뭐가 호굽니까? 착하다는 건데."

"그러니까 호구지!"

"……그건 또 무슨 논리이십니까?"

옥분은 황당하다는 시선으로 이현을 바라보았다.

언제부터 착하다는 말이 호구 같다는 말과 동급이 되었는지 옥분은 좀처럼 이해하지 못하는 눈치였다.

"호구가 별거냐? 착하니까 호구지? 안 그래? 넌 약은 놈 중에 호구 있단 소리 들어 봤냐? 나쁜 놈 중에 호구 있는 것 봤어?"

"……."

이현이 펼치는 기적의 논리에 옥분은 침묵했다.

분명 옥분이 가진 상식과는 전혀 맞지 않는 이야기다.

반박할 거리도 많다. 나쁜 놈 중에도 호구가 있고, 약은 놈 중에도 호구가 있다.

당장 이현이 차지한 사도련주라는 자리. 그리고 그 사도련주라는 자리 밑에 모인 사파의 무인들만 보아도 그렇다.

나쁜 놈, 약은 놈의 대표 주자인 그들이 지금 이현에게 호구 잡혀서 팔자에도 없던 황실과의 전쟁까지 준비하고 있는 것이 대표적인 예다.

어디 그뿐인가.

남의 재산 털어 먹고 사는 산적, 수적, 마적, 해적까지 이현의 밑에서 호구 잡혀 열심히 땀 흘리며 소금 판매에 한창이다.

하지만 무엇하겠는가.

설명하고 납득시키는 데 또 한나절이다.

뭐, 아주 틀린 말도 아니었고. 대체적으로 나쁘고 약은 놈들 보단 착한 놈 중에 호구가 많은 것도 사실이었으니까.

어찌 되었든 이현의 논리대로라면.

"……그럼 호구 맞네요."

이현은 호구다.

옥분의 확언에 이현이 두 눈을 부라렸다.

"뒤질래? 내가 어디 봐서?"

"지금껏 한 일을 생각해 보세요. 아닌 척하면서 은근히 뒤에서 챙길 건 다 챙기시지 않습니까!"

"누가? 내가?"

이현의 두 눈이 휘둥그레졌다.

정말로 놀란 눈치다.

"……아닙니다. 못 들은 걸로 하시지요."

"뭐 인마?"

옥분은 모든 것을 포기하고 눈을 감아 버렸다.

'하여간 솔직하지 못하셔서는!'

예는 많다.

당장 청화만 봐도 그렇다. 평소 하는 짓으로 봐서는 당장 목을 비틀어도 이상하지 않을 이현이다.

그런데 가만히 보고 있으면 은근히 당하고 산다. 옆에서 쫑 알쫑알거려도 짜증만 내고 성질만 부리지 손 한 번 댄 적이 없 다.

스승인 청수진인이 죽었을 때도 그랬다. 겉으로는 죽음 때 문이 아니라며 온갖 말도 안 되는 핑계를 대고는 생난리를 쳐 댔었다.

무림맹에서 정만이 남궁가의 자식에게 고초를 당할 때도 미 쳐 날뛰었던 건 적조의혈단이 아닌 이현이었고, 옥분이 깐죽거 려도 쥐어 패기만 패고 죽인다고 말만 했지 진짜 죽이진 않았 다.

물론, 옥분 스스로 아슬아슬하게 줄타기해서 살아남은 덕 도 있긴 했지만 말이다.

청화가 오왕부에 인질로 잡혔을 때도, 사도련주를 은퇴시 킬 때도 그랬다.

지금까지 이현이 해 온 행동들을 보면 입으로는 아니라면 서 은근히 뒤에서 자기 사람 챙기기는 잘 한다.

본인은 의도하지 않았거나, 의식하지 않고 한 것처럼 보이 지만 말이다.

그러니 이현의 논리대로라면 이현은 확실히 호구다.

보다 정확하게 구분하면 이현은 분명 나쁜 놈이다. 다만, 나쁜 놈 중에서는 은근히 착한 구석이 있는 나쁜 놈이다. 그래서 호구다.

다만 그걸 사실대로 낱낱이 말하고 싶은 생각은 없다. 눈앞에 이현이라는 호구는 수틀리면 언제든 칼 뽑아 들 수 있는 호구였다.

진실이 어찌 되었든 이현은 기본적으로 나쁜 놈을 지망하는 호구였으니까.

옥분은 오래 살고 싶었다.

"그냥 솔직하게 말하시지요? 전혀 그럴 의도가 없었다고?"

"안 해 봤겠냐? 하나같이 실실 쪼개고 고개는 끄덕이는데 믿는 눈치가 아니야."

"……무사들까지요?"

옥분의 물음에 이현의 목소리가 높아졌다.

"장한곤 그 자식이 이상한 소문 퍼트려 놔서 무슨 치밀하게 계획한 작전이 있어서 부정하고 다니는 줄 아는 눈치라니까?"

복장이 터질 일이다.

아무리 진실을 외쳐 봐야 소용이 없다.

장한곤과 청화. 두 사람이 퍼트리는 소문이 교묘하게 얽혀서는 진실보다 더 강력한 힘을 가지게 되어 버렸다.

그러니 통하질 않는다.

멀쩡하게 잘 뚫린 입을 가지고 있으면서도 벙어리 냉가슴 앓는 기분이다.

"간저한테 소문 좀 내라고 할까? 나 사실 진짜 나쁜 놈이라고. 인육도 먹고, 동남동녀들 피 뽑아다가 매일 목욕한다고?"

모처럼만에 이현이 생각이라는 것을 했다. 헌데 옥분의 반응은 심드렁하기만 했다.

"간저 요즘 소금 판다고 바쁩니다. 정보 수집에 소금 판매까지 하느라 요즘 업무 과부하라고 매일 우는 소립니다."

"……염병! 그거야 지들 사정이고!"

"그리고 기껏 좋아진 민심 다 돌릴 일 있습니까? 소금 싸게 판다고 요즘 분위기 좋은데 거기다가 꼭 재를 뿌리셔야 속이 시원하시겠습니까? 전쟁할 때 민심이 얼마나 중요한지 설마 모르지는 않으시겠죠? 그 소문 퍼지면 아마 황태자가 좋아서 춤이라도 출 겁니다."

"……끙!"

결국 앓는 소리가 나왔다.

민심이 중요하고 말고는 사실 별로 생각해 본 적도 없다.

무림인들만의 싸움을 해 온 이현인 만큼 민심이 이렇고 저렇고는 딱히 체감이 되질 않았으니까.

하지만 황태자가 좋아할 것이란 말에 납득해 버렸다.

황태자가 좋아하는 꼴은 죽어도 못 본다.

"……그렇다고 이대로 살 수도 없고!"

이러지도 저러지도 못하니 참으로 난감할 노릇이다.

소문과 오해는 걷잡을 수 없을 만큼 부풀어 가는 것도 모자라, 진실인 양 견고해지고 있는데 할 수 있는 게 없다.

요즘 점점 달라지고 있는 주위의 시선에 찜찜하고 답답하기까지 하다. 이제는 그놈의 분위기 때문에 그 좋아하는 술을 마셔도 체할 지경이었다.

이대로는 못 산다.

그렇다고 달리 무슨 뾰족한 수가 있는 것도 아니다.

"……옥분아."

불만스러운 상황에 입을 꾹 다물던 이현이 한참 만에 입을 열었다.

그의 부름에.

"또 무슨 꿍꿍이십니까?"

"……전쟁 시작하려면 얼마나 남았냐?"

"적어도 두 달은 있어야 할 겁니다. 왜요? 당장 전쟁하자고 하는 건 아니시죠? 약속하셨잖습니까! 그리고 현실적으로도 그건 불가능하다고 제가 누누이 말씀도 드렸고요!"

"알아! 이 자식아!"

지레 겁을 먹고 소리치는 옥분의 반응을 가볍게 묵살했다.

알고 있다.

당장 전쟁하겠다고 그 난리를 쳤는데도 목숨 걸고 결사반대한 옥분이다. 두 달이란 시간은 그런 옥분의 절박함이 간신히 만들어 낸 시간이다.

그러니 안 될 것이다.

더 당길 수 있다면, 옥분이 목숨 걸고 반대할 필요 없이 진즉 당겼을 테니까.

"나 그동안 잠깐 어디 좀 다녀와야겠다."

대신 좋은 생각이 났다.

자고로 절이 싫으면 중이 떠나야 한다고 했다. 지금 사도련을 지배하고 있는 이 불편한 오해가 싫으니 사도련을 떠나면 그만이다.

물론, 황태자 목 따기라는 목적이 있는 한 완전 떠날 수는 없다.

그러니 전쟁이 시작하기 전까지만 떠나 있으면 된다.

그럼 지금 자신을 두고 떠도는 오해들에 불편해할 필요가 없다. 전쟁이 끝난 다음에는 그때 생각하면 그만이고.

애초에 뭔가 길게 보고 생각하지는 않았으니까.

당장만 편하면 된다.

"……어디로요?"

옥분이 목적지를 물었다.

"신강!"

이현도 그냥 갈 곳 없이 무작정 가출할 생각은 아니었다.

"무슨 일로 가시는 겁니까?"

옥분이 이번엔 목적을 물었다.

물론, 목적도 확실히 있다.

"뭣 좀 되찾으려고."

혼원살신공.

신강의 고아 소년을 천하를 피로 물들인 희대의 대 악인인 혈천신마로 만들어 준 절세의 마공.

그것이 신강에 잠들어 있었다.

*　　　*　　　*

단순히 충동적으로 혼원살신공을 되찾으러 사도련을 비운 것은 아니었다.

이현의 세력. 그리고 황태자의 세력.

두 세력의 전력을 객관적으로 비교했을 때 열세는 이현 쪽이다.

머릿수도 모자란다. 그나마 개개인의 능력이 앞선다는 장점이 있었지만, 거기에는 또 치명적인 약점이 존재했다.

고수의 부재.

황태자를 비롯해 회의와 무당파에서 대면했던 검은 방갓을 쓴 투검의 고수까지.

하나같이 천하십대고수들을 웃도는 무위의 고수다.

그에 반해 이현에게는 본인을 제외하면 내세울 만한 고수가 없는 실정이다.

산적왕은 천하십대고수 중에서도 하위에 속하는 무위였고, 사도련주는 은퇴했다. 초희는 죽었다.

결국 남는 건 이현 스스로 강해지는 것뿐이다.

이미 경지를 이룬 태극무해심공으로는 한계가 있다. 그러니 새로운 힘이 필요하다. 그것이 혼원살신공이다.

어차피 양의신공은 예전에 익혀 두었으니 실수만 하지 않으면 이전처럼 태극무해심공과 혼원살신공이 충돌해 죽을 고비를 경험하진 않을 것이다.

그래도 조금 걱정되기는 했다.

"아……! 양귀비 다시 피긴 싫은데……."

혼원살신공이 가진 치명적인 약점.

심신을 피폐하게 만들고 들끓는 기운을 잠재우기 위해서는 양귀비를 피워야 한다는 것.

양귀비는 마약이다. 서서히 몸을 갉아먹는다.

의식하진 못했지만, 혈천신마였을 때도 몸은 마약에 갉아 먹히고 있었다.

태극무해심공이 경지를 이뤄 과거 혈천신마의 무위를 뛰어넘었을 때부터 어렴풋이 그 사실을 인지하고 있었다.

그래서 '찾아야지. 찾아야지' 하면서도 미뤄 두고 있었다.

하지만 이제는 찾을 때가 됐다.

그렇게 결심을 굳히고 다시 찾은 지하 공동이다. 혼원살신공이 잠든 곳. 제석천의 심장을 뽑아 먹는 아수라의 형상이 자리한 곳.

오랜만에 다시 그곳을 찾은 이현에게선.

"……하!"

바람 빠진 웃음이 흘러나왔다.

이현의 두 눈은 여전히 정면을 뚫어지게 응시하고 있었다.

*   *   *

공동을 가득 채운 기운이 살갗을 찌르르 하게 울린다. 태극무해심공은 벌써부터 전신을 휘달리며 전투 의지를 확실히 밝히고 있었다. 하여간 상극이다. 지난날 혈천신마 때 혼원살신공을 익힌 그를 삼십 년이나 막아섰던 녀석답다.

평소에는 순하기만 한 놈이 혼원살신공만 만나면 이를 드러내고 으르렁거리기 바쁘다.

사실상 이 상극의 기운을 한 몸에 담는다는 건 불가능에 가깝다.

상관없다.

양의신공이 있었으니까. 무당의 절학 중에서도 손꼽히는 양의신공이라면 서로 상극인 두 기운을 한 몸에 담을 수 있다.

원래 그러한 용도로 창안된 것이 양의신공이었다.

하지만.

그것도 있을 때의 이야기다. 혼원살신공의 원정이 있어야 두 기운을 한 몸에 담든지 말든지 할 것이 아닌가.

"……하! 염병! 어쩐지 찝찝하더라니."

코웃음과 함께 욕설을 내뱉은 이현의 시선이 다시 한 번 정면을 향했다.

벽면에 새겨진 조각. 아수라가 제석천의 심장을 뽑아 먹는 형상을 한 조각은 여전히 생동감이 넘친다.

하지만 정작 있어야 할 것이 없다.

야수와 같이 거칠고 사나운 기운을 내뿜고 있어야 할 혼원살신공의 원정이 없다. 그저 그 잔향만이 남아 있을 뿐이다.

"어떤 놈이 채 갔네."

마지막으로 확인하고 떠날 때까지만 해도 분명 존재했던

원정이 사라져 있다.

이현이 떠나고 방치한 사이 누군가 차지했다는 이야기다.

문제는.

"아는 놈이라?"

혼원살신공의 존재를 알고 있는 자가 한 짓이 분명하다는 점이다.

신강의 메마른 땅 아래에 숨겨진 공동이다. 혈천신마 때에도 기연이 닿지 않았더라면 결코 얻을 수 없었을 만큼 은밀하게 숨겨진 장소다. 비록, 마지막으로 신강을 떠날 때 공동이 무너졌다고는 하지만 그렇다고 아무나 쉽게 발견할 수 있는 곳은 아니다.

아니, 오히려 무너졌기에 더욱 찾기 어려워졌었다.

무엇보다 외부에 흔적이 있었다. 들어올 때 이미 확인했다. 누군가 인위적으로 주변의 지형지물을 움직였다. 보다 정확히 말하자면 누군가 무공을 동원해 주위를 파헤친 흔적이 고스란히 남아 있었다.

어지간한 미친놈이 무공 자랑한답시고 생난리를 쳐 댄 것이 아닌 이상, 또 거기에 우연이라는 요소가 깃들지 않는 이상 확실한 목적을 갖고 한 짓이 분명했다.

결론은 하나다.

"아는 놈. 그런데 정확한 출구는 모르는 놈."

사람 마음이 고약하다. 원래 나 갖기는 싫어도 남 주기는 아까운 법이다. 하물며 갖기로 마음먹었는데 딴 놈이 가로채 버렸다면, 더욱 골나기 마련이다.

기분 더럽다.

더욱이 이현은 가지려던 것 가로채기 당하고도 가만히 있을 인간이 아니다. 솥단지에 집어넣어서 토해 내게 만들고도 남을 인간이다.

그러자면 일단 범인을 찾아야 한다.

침 발라 놓은 것 훔쳐 간 범인.

"일단 한 놈."

짚이는 놈이 있다.

第六章

혼원살신공의 존재를 알고 있는 사람. 더불어 그 혼원살신공이 얼마나 대단한 무공인지 그 가치를 알고 있는 사람이어야만 한다. 또한, 그것이 신강에 잠들어 있음을 알고 있어야한다.

그런 전제를 깔았을 때.

가장 먼저 떠오르는 이름이 있었다.

무당신검. 이현.

지금 이현이 차지한 몸뚱이의 원 주인. 더불어 한때 이현의 것이었던 몸뚱이를 지금 차지하고 있는 놈.

그놈이라면 모든 전제를 충족한다.

혈천신마가 혼원살신공을 신강에서 얻었다는 사실을 알고 있었고, 또 그것이 얼마나 대단한 무공인지 확실히 알고 있었다.

한때는 중원일통을 두고 다투었던 필생의 호적수였으니까.

다행히 이현은 그가 지금 어디에 있는지 안다. 마지막으로 보았을 때. 그는 신강의 작은 마을에서 푸줏간을 운영하고 있었다.

"……."

검독수리가 머리 위를 크게 맴돌다 지나간다.

신검의 푸줏간이 있는 마을 앞에 선 이현은 굳게 입을 다물었다.

마을의 분위기가 전과는 다르다.

마을에 자리한 집 여기저기에 불에 그슬린 흔적과 부서지고 새로 보수한 흔적들이 남아 있었다.

집집마다 문은 굳게 닫혀 있다. 소는커녕 개 짖는 소리조차 나지 않는다.

미묘한 긴장감이 마을을 휘감고 있었다.

이현의 감각에 살아 있는 존재들의 기척이 느껴지지 않았더라면 차라리 버려진 폐촌이라 하는 편이 더 어울릴 듯한 풍경이다.

그리고 그 마을 앞에.

"……허! 기어이 오셨습니다."

신검이 서 있었다.

쓸쓸한. 한편으로는 허탈한 웃음을 짓고 있는 신검의 얼굴은 과거 야율한의 얼굴이다. 선 굵은 그 얼굴에 새겨진 웃음에 담긴 감정들은 이현에게 낯설게 다가왔다.

한때 자신의 얼굴이었으니까. 지금은 이현이라는 이름을 가져 마주보고 있지만, 야율한이란 이름을 가졌을 때는 그의 얼굴이었다.

싸우는 데 미쳐 있었으니 언제 동경을 보고 얼굴을 살폈겠는가.

그러니 낯설고 이질적이기 짝이 없다. 기분이 기묘하다.

씨익.

이현은 과거 자신이었던 몸뚱이의 얼굴을 바라보며 웃었다.

"하여간 잘생겼어!"

이제는 남의 것이 되었지만. 그래도 잘생겼다.

자고로 남자란 이렇게 생겨야 한다. 얼굴 전체로 풍겨져 나오는 거친 야성미. 굵은 눈썹 아래에 붙어 있는 부리부리하고 강렬한 눈동자는 그저 바라보는 것만으로도 절로 위압감을 자아낸다.

어디 그뿐인가. 옷깃에 가렸음에도 숨길 수 없는 단단한 근육질 몸은 그 자체로도 이미 흉기라 부르기 충분했다.

이게 패기다.

그 강해 보이는 얼굴이 이현이 생각하는 가장 남자다운 멋진 얼굴이었다.

"허허허! 여전하시구려."

그를 향한 칭찬인지, 아니면 그냥 제 낯빛에 금칠하는 자화자찬인 건지 알 수 없는 이현의 감탄에 신검은 웃었다.

"내 얼굴로 그렇게 웃지 마. 이 자식아!"

그 모습에 이현은 숨김없이 불만을 드러냈다.

온몸으로 패기를 드러내는 몸뚱이로 세상 다 산 늙은이처럼 허허거리는 건 아무리 봐도 어울리지 않는다. 하물며 원래 제 것이었던 몸뚱이였으니 더더욱 그랬다.

적어도 야율한의 몸으로 웃으려면 '크하하하'나 '푸하하하' 같은 박력 있고 패기 넘치는 웃음이어야 한다.

그게 한때 중원을 차지했던 몸뚱이에게 어울리는 기본적인 행동 양식이다.

그런 이현의 지적에 신검은 그저 미소 지을 뿐이다.

여전히 생긴 것과 어울리지 않는 여리여리한 미소다.

그리고 그런 미소와 달리.

이현의 모습을 살피는 그의 눈동자는 무겁게 가라앉고 있었다.

"검을 뽑고 오셨군요."

신검의 눈은 이현의 손에 들린 검을 놓치지 않았다. 굳이 패검하지 않고 뽑아 들고 찾아온 검이다.

"결국 염려했던 화가 닥치는가 봅니다."

그 의도가 결코 호의적이지 않음을 신검은 알고 있었다.

"뭐, 찔리는 건 있나 보지?"

그 모습에 이현의 입가가 비릿하게 말려 올라갔다.

"허허! 어디 한둘이겠습니까."

담담하게 답하는 신검이었지만, 그의 손은 자연스럽게 허리춤을 향하고 있었다.

두 개의 칼이 꽂혀 있었다.

도축과 정형에 썼었던 듯한 크고 짧은 태도. 그리고 길고 곧게 뻗은 장검.

신검의 손이 향하는 쪽은 곧고 길게 뻗은 장검이었다.

신검이 검을 뽑았다.

"헌데 이번엔 죽어 드릴 수 없을 것 같습니다."

화악!

신검에게서 기운이 쏟아져 나왔다. 과거 무당신검이었을 때와 달리 무당이 아닌 마교에서 천마의 제자로 무공을 익힌 탓일까.

그의 몸에서 뿜어져 나오는 기운은 진한 마기를 품고 있었다.

그 모습에 이현이 웃었다.

"걱정 마! 죽여 주는 건 내가 할 테니까!"

쾅!

이현이 움직였다.

두 사람이 부딪치고 한 사람이 튕겨져 나갔다.

신검이다.

이현과의 단 일 합을 버티지 못하고 튕겨져 나간 신검이 메마른 흙바닥을 뒹굴다 급히 자리에서 일어나 자세를 잡는다.

"……이번에는."

이현은 기다렸다.

안광이 번뜩였다. 번뜩이는 안광으로 살기가 깃들었다.

"……이번에는 엄마 불러 올 생각하지 마. 그런다고 살려 주진 않을 테니까!"

신검을 향해 달려 나가는 이현이 중얼거렸다.

신검에게 하는 말이었다. 그리고 스스로에게 하는 말이었다.

* * *

"그래 개가 똥을 끊지!"

애초부터 말이 안 됐다. 무림인이 무림을 떠나서 산다는 건 물고기가 물을 떠나서 산다는 것과 같다. 물고기가 물 밖을 나서면 죽는다. 피 묻은 밥 먹고 살던 무림인이라고 다를 건 없다.

오래도록 쌓아 온 혈채는 쉽사리 놓아주는 법이 없으니까.

아니, 그 전에 손이 근질거려서 못 참는다. 마작 패 만지고 살던 놈에게 호미 쥐여 주면 왜 손이 안 근질거리겠는가.

무공이라는 것은 그 자체로 도박 같은 것이고, 마약 같은 것이다.

그러니 진즉 죽었어야 했다.

지난번 신강에서 그를 만났을 때 확실하게 숨통을 끊어 놓았어야 했다. 그러질 못해서 일이 이렇게 된 것 아닌가.

그때.

혈천신마였을 때는 기억조차 제대로 나지 않았던 어미가 나타나지 않았었더라면. 괜히 이유 없이 기운 빠지지 않았더라면. 허기지지 않았더라면.

그랬더라면 확실히 죽일 수 있었을 것이다. 괜한 후환 따위는 남겨 놓지도 않았을 것이다.

이 모든 것이 잠깐의 변덕 때문이다. 빌어먹을 어미라는 작자 때문에 모든 일이 이렇게 틀어져 버렸다.

그러니 이제는 결코 칼을 멈추지 않을 작정이었다. 어미가 아니라, 어미 시할머니가 찾아온다고 해도 절대 멈추지 않으리라 다짐했다.

캉!

또다시 검과 검이 부딪쳤다.

신검의 신형이 붕 떠올랐다가 이내 쏜살처럼 날아가 바닥에 처박혔다. 메마른 흙먼지가 자욱하게 피어올랐다가 가라앉았을 때에는 엉망진창으로 더럽혀진 신검의 모습이 드러났다.

압도적이다.

과거 신마와 신검과의 대결과는 너무나도 상반된 모습이었다. 한때는 호적수라 했을 만큼 비등했던 둘 간의 균형추는 이미 한쪽으로 기울어 있었다.

이현은 이미 전성기 시절 혈천신마의 무위를 뛰어넘어 버렸고, 신검은 과거의 무위에 머물러 있었다. 아니, 어쩌면 퇴보했는지도 모르겠다.

어찌 되었든.

과거에도 끝끝내 승자는 야율한. 아니, 지금의 이현이었다. 이제 신검은 더 강력해진 무위를 갖춘 이현의 공격을 그저 막아 내는 것만으로도 버거울 지경이었다.

그건 고작 스물 합만으로도 여실히 증명되고 있었다.

스물 합 동안 신검은 단 한 번도 반격을 시도하지 못했다. 오히려 스무 번의 부딪침 동안 신검은 스무 번을 튕겨져 나가 바닥을 뒹굴어야만 했다.

그리고 또 하나 알아낸 것이 있다.

'이자식이 혼원살신공을 익힌 것은 아니야.'

그래도 혈천신마였을 때에는 주력 무공이었던 혼원살신공이다.

그 특유의 기운과 특징을 알아보지 못할 리 없다. 그건 숨긴다고 숨길 수 있는 것이 아니다. 더욱이, 이현은 한 합 한 합에 신검을 사경으로 밀어 넣었다. 죽기 싫으면 숨길 수 없다.

그리고 신검은 지금 진심으로 싸우고 있다.

숨기지 못한다. 숨기지도 않았다.

그렇다면 신검이 혼원살신공을 차지하지 않았다는 건 확실했다.

다만.

좀 전에 스스로 먼저 나서 검을 뽑던 신검의 말과 행동으로 유추해 보건대, 누군가 겁도 없이 혼원살신공을 차지하는 데에 직간접적으로 연결되어 있음이 분명했다.

'어쩌면 찾아서 가져다 바쳤는지도 모르고.'

생각이 정리되었다.

이미 싸움이라고 할 수도 없는 이 일방적인 대결을 군이 계속할 이유도 없다.

"끝내자!"

이현이 또다시 검을 휘둘렀다.

깡!

검과 검이 부딪쳤다. 그러나 이번에는 그 결과가 달랐다. 아슬아슬하게나마 이현의 검격을 버텨 내던 신검의 검이 활처럼 휘었다. 그러다 한계를 이기지 못하고.

쩡!

깨져 버렸다.

두 동강 난 검. 그리고 그 위로 내리누르는 이현의 검.

이제 막을 수 있는 건 없다.

이현의 검이 신검의 미간에 닿았다.

그러나 피는 흐르지 않는다.

죽이기 전에 할 일이 있었다.

"말해. 혼원살신공. 어디다 빼돌렸어?"

"……예? 혼원살신공이라니요?"

헌데 신검의 반응이 기대와는 달랐다. 크게 뜬 두 눈엔 놀란 기색이 역력했다.

"혹, 그것 때문에 찾아오신 것이었습니까?"

전혀 모르는 눈치다.

"……염병?"

갑자기 혼란스러워졌다.

그러고 보니 이상하기도 했다. 혼원살신공을 빼돌렸으면 당연히 언제고 응징을 당할 것이라는 것도 생각했을 것이다. 그런데 죽여 주십사 하는 것도 아니고 무엇 하러 이 마을에

붙어 있었을까. 그도 신검이 이 마을에 터를 잡고 살고 있음을 알고 있는데.

그럼에도 이현이 신검의 미간에 닿은 검을 회수하지 않은 것은.

"뭐야? 몰라? 그럼 너 왜 나랑 싸운 건데?"

그것이 아니라면 무엇 하러 무당신검이 검까지 뽑아 들고 싸웠느냐는 것이다. 그것도 자기 죽을 줄 알고 말이다.

＊　　　＊　　　＊

푸줏간과 연결된 작은 방 안으로 자리를 옮겼다.

신검은 본인의 앞에는 차를, 이현의 앞에는 탁주를 내놓았다. 푸줏간에 걸려 있는 고기를 조금 떼어다가 안줏거리도 마련해 주었다.

"대답해."

이현은 신검을 노려보았다.

아직 대답을 듣지 않았다. 혼원살신공을 빼돌린 것이 아니라면 왜 굳이 먼저 맞서 싸운 것인지, 왜 본인을 죽이러 올 것을 미리 알고 있었는지에 대한 설명 말이다.

그런 이현의 재촉에.

호르륵.

신검은 차분하게 차를 음미했다.

그리고 답했다.

"죽어야 할 이유는 많지요."

"그건 또 뭔 개소리야?"

"제가 누구였습니까? 지금 신마께서 차지하신 그 몸의 주인이 누구였습니까? 그리고 현재 제 스승은 또 누구입니까?"

시간이 뒤틀리고, 몸이 바뀌었다. 그로 인해 모든 것이 변했다.

본인 스스로부터 시작해 주변의 환경은 물론, 흘러가는 상황과 인과. 그리고 은원까지.

이현의 것은 본디 신검의 것에서부터 출발하였고, 신검의 것은 본디 혈천신마의 것에서부터 출발하였다.

그 얽히고설킨 운명의 고리는 서로가 서로를 죽여야 할 너무나 많은 이유를 만들어 주었다.

과거 대립했었던 혈천신마와 무당신검 때 보다 더 많은 이유를 말이다.

"이제 빈도의 스승은 신마께서 죽이신 천마가 되었습니다. 신마의 스승은 과거 제 스승이시지요."

신검은 그 예를 하나 들었다.

"그렇지. 그런데 그게 왜?"

그러나 정작 이현은 그 예시를 듣고도 신검을 죽여야 할 이유를 떠올리지 못했다.

신검이 옅게 웃었다.

"후환이 두렵지 않으십니까? 신마께서는 이미 제 스승과 사형제를 죽이셨습니다. 무림맹주가 빈도의 대사형임을 알고 계실 텐데요?"

상식적으로 생각하면 이현은 신검과 많은 원한으로 얽혀 있었다.

더욱이.

"그 원한을 갚겠다고 제가 황태자의 편에 서면 또 어떻게 하시려고요. 맹주가 제게 사형제이듯, 황태자 또한 제게 사형제입니다."

"……그래?"

이건 이현도 처음 알았다.

혈천신마였을 때 이현이 파악한 천마의 제자는 둘이 다였다.

무림맹주와 전(前) 사도련주.

무당신검이 천마의 제자가 된 것은 이번에 서로의 몸이 바뀌면서 일어난 일이었고, 황태자가 천마의 제자였던 것은 혈천신마 때 살펴본 문서에는 나와 있지 않았으니까.

"그런데 그게 왜?"

그러나 이현에게는 그것 또한 신검을 죽여야 하는 이유가 되지는 못했다.

"너 하나 황태자한테 붙는다고 내가 딱히 신경 쓸 필요가 있나? 까놓고 이야기하면 황태자 측에는 너보다 강한 고수가 훨씬 많은데? 아니, 그전에 넌 이제 내 상대가 되질 못해."

황태자 측에 신검만 한 고수가 하나 더 합류한들 티도 안 난다.

이미 회의와 방갓을 쓴 투검의 고수만 하더라도 눈앞에 신검보다 강하다. 아니, 황태자조차 신검보다 강하다.

이현이 과거의 혈천신마가 아니듯, 신검 또한 과거의 신검이 아니었으니까.

아니, 과거 혈천신마였을 때도 태극무해심공이 아니었더라면 신검은 결코 호적수가 될 만한 무재는 아니었다.

그 태극무해심공을 버리고 천마의 밑에서 마공을 익힌 신검의 무위는 이미 과거에도 미치지 못하는 수준이다.

그러니 전혀 신경 쓸 필요 없다.

그러나 그건 이현의 생각일 뿐이다.

"허허. 그래도 한때 우리는 모든 것을 바쳐 서로와 맞섰던 사이이지 않습니까. 해서 우리는 서로에 대해 너무 많은 것을 알고 있지요."

적이었기에 서로에 대해 너무나 많은 것들을 알고 있다.

서로가 서로를 죽이기 위해 몰두했기 때문이다.

본인도 모르는 작은 버릇부터 시작해서 그의 주변에 인간 관계. 행동 양식까지.

혈천신마를 상대로 싸워 온 무당신검인 만큼 이현에 대해서 알고 있는 것들이 많았다.

"복잡할 것도 없지요. 간단하게 생각해도 될 듯싶습니다. 신마께서는 기습적이고, 돌발적인 행동을 좋아하시지만 그 모든 것들은 크게 보면 정면공격이라는 틀 안에서 이루어지지요."

간단한 지적이었다.

하지만 사실이다. 지금껏 이현이 그랬다. 도무지 종잡을 수 없는 행동들을 하지만, 정작 싸울 때만큼은 항상 정면에서 적을 상대한다.

움츠리고 숨었다가 적의 수뇌를 공격하거나 암습하는 행동 따위는 없었다.

크든, 작든.

언제나 당당하게 정면에서 치고 들어가 적을 짓밟아 버린다.

단순하고 무식한 성정 때문이지만, 어쨌건 버릇이라면 버릇이었다.

"그것만 일러 주어도 함정을 마련하기에는 충분하지 않겠습니까. 황태자께선 아직 신마를 상대해 본 경험이 적으니까요."

그 버릇을 이용해 함정을 준비한다.

사실 특별할 것도 없다. 하지만, 그 특별할 것도 없는 것이 때로는 치명적으로 작용하기도 한다.

특히나 황태자처럼 큰 전력을 가진 상대에게는.

그런 예시에 이현의 눈썹이 꿈틀거렸다.

"그래서? 지금 죽여 달라고 하는 거지?"

신검이 말하는 내용이 그랬다. 이현이 그를 죽여야만 하는 이유를 이렇게 하나하나 설명까지 해 주고 있지 않은가.

죽여 달라고 고사를 지내는 것과 뭐가 다르단 말인가.

그런 이현의 말에.

신검이 고개를 저었다.

"허허. 그럴 리야 있겠습니까. 빈도는 죽고 싶지 않습니다. 아직은 말이지요."

그저 이현이 신검을 죽이고자 마음먹을 만한 이유를 말했을 뿐이다.

신검이 정말 죽고 싶었던 것이라면, 처음부터 싸울 것이 아니라 곱게 목을 내놓으면 그만이었을 일이다.

"저는 지금의 생활이 만족스럽습니다. 마교가 사형제들 간의 우애가 두터운 곳도 아니지요. 스승과 제자. 사형과 사제. 필요하다면 언제든 적이 되어 서로를 죽이는 곳이 마교이지 않습니까."

이현도 알고 있다.

신검이 정말 복수를 하고자 했더라면 여기서 이렇게 있을 것이 아니었다.

그의 말처럼 이미 그는 황태자의 편에 서야 했다.

그러나 그러지 않았다.

여전히 믿기지 않는 부분이 있긴 하지만, 어찌 되었든 지금까지 신검이 보여 온 행동들을 보면 그는 정말 무림에 마음이 떠난 사람 같다.

"아직도 이따금씩 괴롭습니다. 짐승을 죽이는 것으로는 갈증이 해결되지 않으니까요. 하지만 다행입니다. 이곳에는 죽여야 할 사람이 많습니다. 먼 곳의 강가에 가지 않고도 목을 축일 수 있는데, 무엇 하러 강까지 가서 목을 적시겠습니까."

신강이다. 법보다 힘이 우선시 되는 곳이다. 어쩌면 무림이란 세상보다 더욱 혼란스러운 곳이고, 야생에 가까운 곳이다.

도적이 들끓고, 강도가 들끓는 곳이다.

그런 곳이니 만큼 신검이 죽여야 할 이들은 많을 수밖에 없다. 신검이 굳이 찾아 나서지 않는다고 해도, 그들이 먼저 신검을 찾아올 테니까.

신검이 그들을 죽인다고 해도 누구도 신검을 욕하지 않는다. 이상하게 보지도 않고, 의심하지도 않는다. 광기에 가까운 욕구를 억누를 필요도 없다.

어쩌면 신강이야말로 신검이 살아가기에는 가장 최적의 장소였다.

신검은 그것을 이야기하고 있는 것이다.

이현은 눈살을 찌푸렸다.

"하여간 미친놈!"

천성.

지난날 신강에서 두 사람이 만났을 때.

신검은 이현을 천살성이라고 했다. 하지만, 그 일부를 나눠 가진 신검이다. 아니, 적어도 살인을 통해서 갈증을 해결하고자 하는 면에서는 오히려 신검이 천살성에 더욱 가까웠다.

그러고 보니 혜광도 비슷한 말을 했었다.

"혜광이 죽기 전에 그러더군. 너와 나는 그 어둠의 주인인지 뭔지 하는 놈에게서 떨어져 나온 조각이라고."

떡 본 김에 제사 지낸다고 했다. 무시하고 있긴 했지만, 그래도 신경 쓰이는 건 사실이다. 그러나 혜광에게 들은 그 이야기를 함께할 사람은 신검이 유일하다.

만난 김에 이야기하는 것도 나쁘진 않았다.

그런 이현의 말에 신검이 눈을 크게 떴다.

"허⋯⋯! 사숙조께서요?"

신강도 사람 사는 곳이다. 사람이 발이 달렸고, 입이 뚫렸으면 소문은 어떻게든 전해지기 마련이다.

청수진인이 죽고, 이현이 황태자와 대립하고, 혜광이 죽었다는 이야기까지 모두 신강에도 전해졌다.

하지만 혜광이 이현에게 남긴 말까지는 전해지지 않았다. 아니, 혜광이 남긴 말을 알고 있는 사람은 이제 중원에 이현뿐이다. 누구도 듣지 못했던 말이었으니까.

그럼에도 이현이 먼저 이런 이야기를 한 것은.

"뭐, 들은 것이라도 없어? 너 무당신검 때 말이야."

정보를 얻기 위함이었다.

"허허! 글쎄요. 지금과 달리 그때는 너무나 일찍 무당을 떠나신 분이셨으니까요. 허나, 짚이는 것은 하나 있습니다."

"짚이는 것이라니?"

"저는 지금껏 우리가 이렇게 바뀐 것이 술법서 때문이라고만 생각했습니다."

"그런데?"

"술법서 때문만은 아닌 듯싶습니다. 어쩌면 이 모든 것들이 사숙조께서 의도하신 일이 아닌가 싶습니다. 제가 그날 본 술법서를 저술하신 분이 사숙조셨으니까요."

과거 무당신검이었을 때. 아니, 무당신검이라는 이름을 얻기도 전에.

혜광은 그에게 한 가지 심부름을 시켰었다. 혜광이 저술한 술법서를 무당의 비고에 옮겨 놓는 일이었다.

그리고 그날.

그는 그 술법서를 몰래 읽었었다.

"사숙조께서 심부름을 시키셨을 때 저는 그 술법서를 처음 보았습니다. 태극무해의 굴레를 벗어날 방도가 있지 않을까 하는 생각 때문이었습니다. 한편으론, 파괴적인 무공이 담긴 무공서이지 않을까 하는 기대도 있었지요. 그분의 성격이라면 충분히 그럴 수 있었으니까요."

이현은 고개를 주억거렸다.

"그래. 그 비슷한 말을 하긴 한 것 같다."

완전히 같은 말은 아니다. 하지만, 끼워 맞추면 비슷한 의미를 갖긴 했다.

혜광이 죽던 그날.

무당산에서 네놈을 처음 보았을 때. 아니, 내가 기억치 못하는 혈천신마였을 때부터 나는 네놈에게 모두 떠넘길 작정을 하고 있었는지도 모르겠구나! 네놈은 불완전한 조각이었으니까! 허니, 주인은 없는 걸 가지고 태어나 버렸으니까……

혜광은 분명 그런 말을 했었다.

이현이 혜광 스스로도 기억하지 못하는 혈천신마였을 때부터 모든 것을 떠넘기려 했다고 했다.

그리고.

이현은 분명 혈천신마라는 이름을 얻기 시작하였을 때 즈음 혜광과 만났었다. 그리고 세상에는 알려지지 않은 첫 패배를 맛보았었다.

사실 따지고 보면 혜광과의 악연은 그때부터 시작이었다. 하지만, 악연이 그 악연만은 아니었나보다.

이현은 혜광에게 들었던 그 말 또한 고스란히 신검에게 이야기해 주었다.

그러자.

"흠…… 어쩌면."

신검이 턱을 쓰다듬으며 고개를 끄덕인다.

"천마도 도우의 혈천신마였을 때를 기억한다고 하셨지요?"

"황태자인지 회의인지는 모르겠지만, 그놈도 기억하더군. 알 사람은 다 알아."

"……어쩌면 제 짐작이 틀리지 않았다면……."

이현의 대답에 신검의 표정이 더욱 깊게 가라앉았다.

"뭐 또 짚이는 거라도 있어?"

이현이 물었다.

하지만.

"……!"

스윽.

그 물음이 끝나기 무섭게 이현의 손이 내려놓은 검집을 향해서 움직였다.

"허허! 오늘은 손님이 많이 오는 날인가 싶습니다."

잠깐의 시간을 두고 뒤이어 신검도 검을 잡았다.

누군가 마을로 오고 있었다.

한둘이 아니다.

*　　*　　*

인마가 마을 앞에 진을 쳤다.

쐐기꼴의 진은 당장에라도 마을을 향해 돌진할 기세다.

숫자가 제법 많다. 자신들끼리 주고받는 이야기가 바람을 타고 전해졌지만, 당최 무슨 이야기를 하고 있는지는 좀처럼 알 수 없었다.

중원의 말이 아니다. 중원이 넓어 지역마다 쓰는 말이 조금씩 다르고, 강북과 강남의 말이 달라도 이 정도는 아니다. 그것들은 그래도 알아들을 만은 했다.

하지만 마을을 포위한 낯선 손님들의 언어는 그 정도의 수준을 뛰어 넘었다.

심지어 입고 있는 의복도, 말에 걸친 마갑도 중원의 것과는 달랐다.

마치 다른 나라 사람 같은 모습이다.

"……누구냐?"

그들의 방문을 미리 알아차리고 마중 나와 있던 이현이 신검에게 물었다.

그 물음에.

"요즘 국경의 경계가 허술해진 뒤부터 자주 나타나는 이들입니다. 덕분에 신강의 분위기가 많이 흉흉해졌지요."

신검은 차분하게 답했다.

"어쩐지 분위기가 예전답지 않더라니."

이현은 쉽게 수긍했다.

신강에 다시 들어왔을 때. 달라진 분위기는 피부로 직접 느끼고 있었다. 가뜩이나 외지인에 대한 경계가 심한 곳이다. 그 경계가 더 강해졌다.

신검을 찾아왔을 때도 마을 사람들 전부 문이란 문은 모두 걸어 잠그고 방 안에 숨기 바빴다.

그 이유가 이 때문인 듯했다.

"신강도 아주 개판이구만."

가뜩이나 마적이 들끓는 곳이다. 그것만 해도 이미 야생과 다를 바 없는 신강에, 국경을 넘어온 오랑캐들까지 난리니 그 결과야 어떨지 안 봐도 뻔했다.

마적과 마적이 싸우고, 오랑캐와 마적이 싸운다. 힘없는 주민들은 이리 치이고, 저리 털리고 재산은커녕 목숨 부지하는 것도 버거울 지경이리라.

문득 신검이 손가락을 들어 오랑캐들을 가리켰다.

"저들을 모두 죽이실 수 있으시겠습니까?"

"저쯤이야 한칼이지. 왜?"

그 말에 이현은 당연하다는 듯 고개를 끄덕였고,

"한 번 해 보시지요."

신검은 시켰다.

"염병! 나 일시키냐?"

당연히 이현의 반응이 좋을 리 만무했다. 대번에 눈을 부라리고 신검을 노려보았다.

가뜩이나 어떤 놈이 혼원살신공까지 훔쳐간 마당이다. 안 그래도 꼬인 심사에 신검과 이야기하면서 심기까지 불편했다.

그런데 이번엔 오랑캐들을 죽이란다.

무슨 의협심 넘치는 정의의 용사도 아니고, 뭐 하러 상관없는 마을 지키겠다고 힘 빼는가 말이다.

그러나 신검은 여전히 웃고만 있을 뿐이다.

"해 보시지요. 그럼 제 짐작을 말씀드리겠습니다. 신마께는 그리 어려운 일도 아니지 않습니까. 어서요."

그것도 모자라 재촉까지 한다.

"너 헛소리 지껄이기만 해 봐? 그럼 쟤들 다음에는 너다!"

이현은 툴툴거리면서도 앞으로 나섰다.

신검의 말대로다. 어차피 어려운 일도 아니다. 그저 칼 한 번 휘둘러 주고 신검의 짐작을 듣는 편이 낫기도 했고.

검을 뽑았다.

스윽.

그리고 그었다. 한 번이다. 그 한 번 검을 휘두르고는 그대로 검을 다시 집어넣었다.

하지만.

추확!

그 결과만큼은 간단하지 않다.

피가 솟구친다. 인마가 반으로 갈라지고, 갈라진 육신이 바닥으로 떨어져 내린다.

너무나 쉽게 기백의 병사들이 반으로 잘린 고깃덩어리가 되어 버렸다.

"됐지?"

이현은 자신이 만든 결과물에는 눈길조차 주지 않은 채 신검을 향해 말했다.

신검이 웃으며 고개를 끄덕였다. 그리고 물었다.

"기분이 어떠셨습니까? 좋으셨습니까? 만족감이 밀려들어 오고 희열이 찾아오고 그러셨습니까?"

"……이 미친놈이?"

대번에 이현의 눈썹이 치솟았다.

기껏 시키는 대로 해 줬더니 이게 무슨 또 뚱딴지같은 소리란 말인가. 살인으로 쾌락을 느끼고 만족감을 느끼는 것은 태생부터 글러먹은 신검이나 느끼는 감각이지, 이현이 느끼는 감각은 아니다.

성난 이현이 신검을 어떻게 조질까 고민하는 사이.

"허면, 천마를 죽이실 때는 어떠하셨는지요?"

신검이 재차 질문을 던졌다.

"……?"

오랑캐들 죽일 때의 느낌을 묻더니, 이번에는 뜬금없이 천마를 죽였을 때의 느낌을 묻는다.

아무런 연관성 없는 두 존재의 죽음에 대해 묻는 신검을 이현이 의문을 품고 바라볼 때.

"어쩌면 천마도 사숙조께서 말하시는 그 조각이 아니었는가 싶습니다. 우리처럼 어둠의 주인에게서 떨어져 나온 조각 말입니다."

신검의 조용한 목소리가 그의 입에서 흘러나왔다.

*　　*　　*

이현은 뚱한 얼굴이었다.

기백에 달하는 시신을 일일이 수습해서 한곳으로 모아 쌓고 불을 지피는 일을 반복하는 신검의 모습을 말없이 지켜보기만 했다.

"……"

천마가 이현과 같은 어둠의 주인이라는 작자에게서 흘러나온 조각이라는 신검의 주장 때문이다.

사실 그다지 와 닿지는 않았다.

아니, 허무맹랑했다. 이현 본인은 이름도 유치한 어둠의 주인인지 뭔지 하는 존재가 실존하는지에 대한 진위조차도 의심스러웠으니까.

하물며 이미 죽은 천마가 그와 같은 조각이라는 신검의 주장이 설득력 있게 다가올 리 만무했다.

"자세히 이야기해 봐."

그럼에도 일단은 듣기로 했다.

그냥 무시하고 넘어가기에는 찝찝했다.

더욱이 신검은 혜광과 천마. 두 사람을 모두 직접 겪어 보았다. 또한, 마냥 헛소리만 지껄일 인간도 아니었다.

이현의 요구에.

한창 시신을 옮겨 쌓던 신검이 허리를 펴고 이마에 흐르는 땀을 쓱 닦았다.

"신마께서는 경험해 보지 못하였으나, 저는 경험한 일이 있지요. 그것이 무엇인지 아시겠습니까?"

웃으며 하는 신검의 물음에 이현의 눈썹이 꿈틀거렸다.

"……염병! 자세히 이야기해 보라니까 또 무슨 자기자랑……!"

어떻게 말투는 차분한데 내용은 죄다 머리 자르고 꼬리 자르고는 뜬금없이 툭툭 뱉어 낸다.

오랑캐 놈들 죽이라고 할 때는 언제고, 또 갑자기 천마가 어둠의 주인에게서 떨어져 나온 조각이라고 하질 않나, 이번엔 또 자기 자랑이다.

듣는 사람 입장에서는 은근히 성질나는 짓거리다.

지금껏 참은 것도 많이 참았다. 그렇게 버럭 목소리를 높였으나 그 높아진 언성은 끝까지 이어지지 못했다.

이어지는 신검의 말 때문이었다.

"죽음입니다."

"……응. 뭐?"

"죽음 말입니다. 신마께서는 경험치 못하셨고, 저는 경험하였던 것 말입니다."

"……그래서? 하고 싶은 말이 뭔데? 억울하다 이거냐? 아니면, 다시 죽여 달라고?"

이현의 표정이 뚱해졌다.

모를 리 없다. 신검에게 죽음이라는 특별한 경험을 하게 만든 당사자가 본인이었으니까. 그러나 뜬금없긴 매한가지다. 왜 하필 또 이 상황에서 그딴 말을 하는지 좀체 짐작이 가질 않는다.

"저를 가르실 때 어떠셨습니까?"

"또 살인 후 소감이냐?"

"어떠셨는지요?"

빈정거림도 이어지는 재촉에 멈췄다.

단순히 살인에 미친놈의 질문이라고 하기에는 신검의 표정과 목소리는 너무나 진중했다.

이현은 턱을 긁적였다.

"글쎄? 워낙 오래전 일이라……?"

오래전이라면 오래전이고 최근이라면 최근의 일이다. 아직 몇 년 되지도 않은 일이었으니까. 하지만 딱히 기억나는 건 없다.

"허면, 천마를 죽이셨을 때는요?"

신검이 질문을 달리 했다.

그 물음에도 이현은 고개를 저었다.

"별로? 그냥 죽였구나 정도?"

살인이라는 것에 워낙 익숙해져서 둔감하다. 누구를 죽이고, 누구를 살리고 그걸 크게 기억하고 간직하기에는 그동안 죽여 온 생이 너무 많았다.

"그런데 그건 왜 자꾸 묻는 건데? 천마를 죽인 소감이랑, 천마가 그놈의 조각인지 뭔지 하는 것과는 또 무슨 상관이 고!"

도무지 끝나지 않을 것 같이 이어지는 스무고개에 이현의 참을성이 바닥을 드러냈다.

그때 신검이 말했다.

"저는 안도했습니다. 신마께서 휘두르신 그 도가 제 몸을 가르고 지나갔을 때. 제 생이 마지막에 닿았음을 직감하였을 때 그리 느꼈습니다. 아쉬움은커녕, 오히려 채워지지 않던 갈증이 메워지는 충만한 만족감마저 찾아왔습니다."

"그건 네가 변태라서 그런 것 아니고?"

"빈도 또한 그런 줄 알았지요. 허나, 사숙조께서 이야기하신 조각이라는 것을 토대로 생각해 보니 어쩌면 단순히 제가 타고난 살성 때문만은 아닐지도 모르겠다는 생각이 들더군요."

"조각? 그럼? 부족했던 조각이 죽음으로서 채워졌다 뭐 이딴 건가?"

"그렇습니다."

신검이 고개를 끄덕였다.

"사숙조께서 하신 말씀을 빌리면 저희는 불완전함에서 떨어져 나온 불완전한 존재이지요. 빈도는 살인을 참지 못하는 살인귀이나, 그 능력은 천살성에 비해 턱없이 부족하고."

"나는 능력은 천살성인데, 그렇다고 살인을 참지 못하지는
않지."

신검의 말을 이현이 받았다.

무위. 힘의 능력으로 천살성을 구분한다면 이현은 분명 천
살성을 타고났다. 하지만, 살인의 욕망에 휘둘리지는 않는다.
솔직히 말하면 무감각하다는 말이 맞다. 그것도 살아온 환경
이 그렇게 만들었을 뿐이다.

그에 반해.

신검은 그 반대다. 타고난 무위와 재능은 천살성의 명성에
미치지 못한다. 하지만 반대로 살육을 갈구하는 그의 심성은
누구보다 천살성에 가깝다.

정확히 반반.

천살성을 나누어 가진 것과 같다.

이를 달리 말하면, 둘 모두 불완전한 천살성과 같다는 의
미다.

"물은 서로 합치려 합니다. 합쳐짐으로서 보다 완전해지기
때문이지요. 하늘에서 내린 빗방울이 모여 내가 되고, 내가 다
시 강이 되는 것과 같은 이치지요."

"이제 좀 이해되려고 한다. 복잡한 개소리 집어치우고 간단
하게 설명해라."

선문답 같은 예시를 늘어놓기 시작하는 신검의 모습에 이현이 눈에 힘을 줘 으름장을 놓았다.

물방울이고 나발이고 그런 건 다 소용없다.

중요한 건 이해되고 납득할 만한 설명이다.

"허허. 쉽게 말해 도우께서 저를 죽이셨을 때. 우리는 완벽에 한결 가까워진 것이 아닌가 합니다. 결국은 하나의 존재에서 떨어져 나온 불완전한 조각이니까요."

물과 물이 부딪치면 어느 한쪽이 사라지는 것이 아니다.

그저 둘이 하나가 될 뿐이다.

신마와 신검.

두 존재가 부딪쳐 신검이 죽었을 때도 마찬가지다. 죽었으나 사라지지 않는다. 그저 서로 합쳐지는 것이다.

그리하여 신검은 죽는 그 순간 오히려 부족함이 채워지는 만족감을 느꼈다.

대충 이해하자면 그렇다.

"천마는?"

전혀 기억나지 않지만 본인이 만족감을 느꼈다는 데야 무어라 하겠는가.

다만, 그것이 천마와는 또 무슨 상관이란 말인가.

"빈도가 감히 추측건대, 신마께서는 저를 죽이셨을 때와 천마를 죽이셨을 때 아마 같은 느낌을 받지 않았을까 하였습니다. 천마와 저는 과거를 기억하고 있다는 공통점을 가지고 있지 않습니까. 그래서 질문하였었지요."

그 말에 이현은 곰곰이 기억을 떠올려 봤다.

그다지 인상 깊게 남은 것은 없다. 그래도 떠올려 보면 얼추 비스름한 감정은 있었던 듯했다.

"뭐, 대충 이제 귀찮은 것 하나 치웠네 하는 느낌은 있었던 듯하기도 하고."

"그 느낌이 다른 이들을 죽이셨을 때도 있으셨습니까?"

신검의 물음에 이현은 퉁명스럽게 답했다.

"그럴 만한 놈들이 있긴 했냐?"

천마는 그나마 이름값이라도 있다. 신검도 끈질기게 반항해 온 역사라는 것이 있다.

그러니 그런 감정이라도 들었던 것이다.

하지만, 그 둘을 제외하고는 이현이 죽인 이들 중 만족을 느낄 만한 거물이 사실상 그리 많지 않았다.

신검이 아니었다면 혈천신마 때의 중원일통은 사실 시시하기만 했을 뿐이니까.

"허면, 대사형. 아니, 무림맹주를 죽이실 때는 어떠셨습니까? 도우께서는 그와 쌓인 은원이 적지 않으셨지 않습니까."

"죽였다고 하기에는 애매하긴 하지만…… 별다른 감흥은 없긴 했지."

그냥 화가 풀리는 정도다. 그걸 만족감이라고 하면 만족감이라 할 수 있긴 하겠지만, 확실히 신검이나 천마를 죽였을 때의 느낌과는 달랐던 것 같다.

굳이 비교하자면 따뜻하게 데워진 한 끼 식사와, 차갑게 식은 싱거운 죽 정도의 차이다.

신검이 말했다.

"무엇보다 빈도가 그리 추측한 이유는……."

그리고 본인의 윗옷에 삐죽 삐져나온 실밥을 뽑았다.

꾸깃꾸깃한 긴 실이 그의 손에 딸려 나왔다.

"이것 때문입니다. 한번 옷으로 지어졌던 이 실은 다시 뽑아 실로 되돌린다 해도 그 흔적이 남아 있지요. 이와 마찬가지로, 시간 역시 되돌린다 해도 그 흔적이 남아 있지 않을까 싶었습니다."

옷이란 보통 가로와 세로를 교차하는 실들이 모여 만들어진 옷감을 통해 지어진다. 그리고 한 번 옷이 된 이상, 옷감에서 실밥을 뽑아 실로 되돌렸을 때에도 가로와 세로로 교차했던 흔적들은 고스란히 남기 마련이다.

"그러니 빈도와 천마처럼 시간을 역행하고도 역행하기 전의 시간을 기억하는 이가 있는 것이 아닌가 싶습니다. 허나, 여기에도 전제가 붙지요. 같은 흔적이 남는 건 같은 옷감에서 난 실이어야 합니다. 윗옷에서 뽑은 실에 남은 흔적과 하의에서 뽑은 실에 남은 흔적은 서로 같을 수 없는 법이지요."

"그래서? 천마도 우리와 같은 존재에서 떨어져 나온 조각이기 때문에 과거를 기억한다?"

"……그저 짐작일 뿐입니다."

"그럼 황태자도 기억하고 있으니까 그놈도 그 어둠의 근원인지 뭔지 하는 놈에게서 떨어져 나온 조각이다?"

"그 또한 추측일 뿐이지요."

"확인할 방법은 내가 죽여 보고 만족감이 오나 안 오나 직접 느껴 보는 것뿐이고?"

"그것도 어디까지나 가정일 뿐이지요."

대화를 계속할수록 이현의 눈썹이 점점 올라갔다.

기껏 가뜩이나 안 돌아가는 머리 굴려 가면서 물방울이니 만족이니, 상의 하의, 가로줄 세로줄 머리 아픈 말들을 이해했더니 죄다 가정이란다.

"나 갖고 장난치냐?"

당연히 기분이 상큼하다면 거짓말이다.

대번에 성질 못 이기고 신검의 멱살부터 잡고 일어섰다.

"죄다 가정이다. 불확실하다. 염병! 그럼 왜 그딴 이야기는……!"

하지만 이현의 불만은 이어지지 못했다.

"확인해 보시지요. 마침 짐작 가는 이가 있습니다."

신검은 여전히 웃고 있었다.

*　　　*　　　*

혈천신마가 존재했던 과거를 기억한다.

죽였을 때 만족감을 얻는다.

크게 보았을 때 신검과 천마의 공통점이다. 신검은 이것을
어둠의 주인이라는 이에게서 떨어져 나온 조각들의 공통점이
라 확대했다.

그러나 어디까지나 가정일 뿐이다.

가정이 사실이 되려거든 확인이 필요하다.

황태자를 죽일 수는 없다. 그의 밑에는 무장한 군대와 무
시하지 못할 고수들이 있다. 아니, 애초에 그게 쉬운 일이었다
면 성격 급한 이현이 지금껏 전쟁을 준비한답시고 시간 죽이
고 있을 이유도 없다.

지금 신강에서 신검을 마주할 이유는 더더욱 없었다.

그런데 신검은 황태자 외에도 짚이는 이가 있다고 했다.

"빈도와 천마. 또한, 도우께서는 또 다른 공통점을 지니고
있지요."

"뭔데?"

"도우께서는 한때 세상을 피로 물들이셨지요."

"그랬지?"

"천마는 중원을 손 안에 넣고자 했습니다. 자신의 제자들을 정사파의 간자로 심어 각각 맹주와 련주로 만들 만큼 그의 의지는 강렬했습니다. 또한 빈도는……."

"미친놈이지. 뭐든 죽이진 않고 못 배기는?"

이현이 신검의 말을 가로챘다.

"그렇습니다."

신검은 고개를 끄덕였다. 그리고 스스로의 말을 이었다.

"본디 어둠이라 함은 긍정적인 것보다 부정적인 것을 의미하는 바가 보통이지요. 음습하고, 혼란하고, 파괴적이고, 사이한 것들. 그것들을 흔히 어둠에 비유하고는 합니다."

"한마디로 죄다 미친놈들이다?"

"정상은 아니라고 보는 편이 낫겠지요."

담담한 신검의 대답에 이현은 고개를 끄덕였다.

"확실히 천마도 그렇고 너도 그렇고…… 기본적인 속성이 착하다고 할 만한 인간들은 아니지."

신검은 한때 살성을 감춘 정파의 위선자였고, 천마는 대놓고 나쁜 놈의 상징으로 군림해 온 인간이다.

"그리고 나도…… 썩을!"

스스로 인정하려니 살짝 짜증이 나긴 했지만, 이현도 기본적으로 악인에 가까운 인물이었다.

아니, 혈천신마였을 때는 천마를 죽이고 그 뒤를 이어 악의 상징이자 그 자체로 존재해 오지 않았던가. 지금도 성격 더럽기로는 중원에서 유명한 일이고. 스스로도 나쁜 놈임을 확실히 인지하고도 있었다.

때문에 되먹지도 않은 오해로 착한 놈으로 생각되는 게 불편해 신강으로 오지 않았던가. 다만 신검이나 천마와 한데 묶이려니 찝찝했다.

어찌 되었든 종합해 보면 대충 가닥은 나온다.

"나쁜 놈들. 그중에서도 과거를 기억하는 놈이 있으면 어둠의 주인에게서 떨어져 나온 조각일 가능성이 크다?"

"그렇습니다."

신검이 고개를 끄덕여 이현의 짐작이 틀리지 않았음을 확인시켜 주었다.

그렇다면 이제 이현이 할 일은 하나다.

"누군데? 내가 죽일 놈이? 짐작 가는 놈이 있다면서?"

조각으로 추정되는 인간을 찾아서 죽여 보면 그만이다.

그럼 모든 것이 확실해질 것이다.

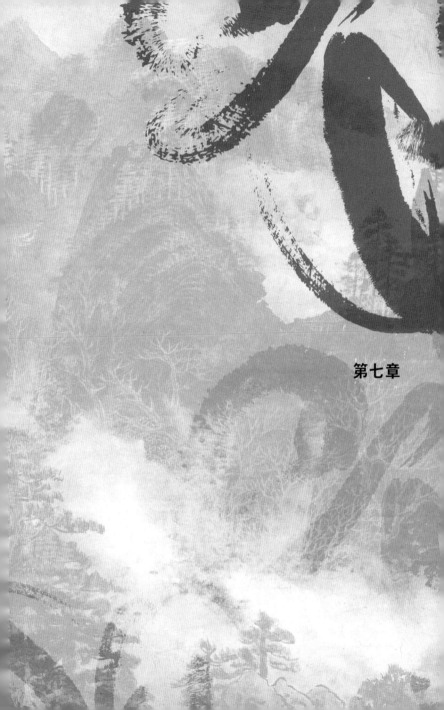

第七章

본디 장성 밖의 오랑캐와 신강의 마적들 간의 관계는 그리
나쁘지 않다.

아니, 오히려 좋은 편이다.

마적들은 노략질한 노획물을 처리할 곳이 필요했고, 장성
밖의 오랑캐들은 항상 물자가 부족했다. 서로가 서로에게 줄
수 있는 것이 있고, 얻을 수 있는 이득이 있다면 좀처럼 사이
가 나쁠 일이 없다.

하물며 국경을 지키는 관군이라는 공통의 적이 있으니 더더
욱 그 연대가 강해질 수밖에 없었다.

관군의 칼날이 바깥을 향하느냐 아니면, 안으로 향하느냐에 따라서 두 집단의 희비가 엇갈리기 마련이다.

때문에 상호 간에 정보 교류는 활발할 수밖에 없다.

물론, 오랑캐에게 관군은 완벽한 적이라 할 수 있는 관계인 것과 달리 마적들은 관군과도 몰래 거래를 하며 중간에서 이득을 취하고 있다는 점이 다르긴 했지만 말이다.

어찌 되었든.

오랜 세월 동안 전통적으로 이어진 이런 유대가 있기에 신강의 마적들은 오랑캐의 침공에도 민감하게 반응하지 않는다.

어차피 신강의 마적들이 입을 타격이라고 해 봐야 노략물이 줄어드는 정도에 그칠 뿐, 마적을 대상으로 공격하진 않으니까. 그리고 또 그것도 한철임을 서로 너무나 잘 알고 있었으니까.

하지만.

이번에는 좀 달랐다.

국경의 경계가 허술해진 틈을 타 오랑캐들이 침범했다. 그리고 마적을 공격했다.

"아니요. 마적을 합병하고 있다 하는 편이 바람직하겠지요. 따르는 자는 살려 병사로 쓰고, 따르지 않는 자는 죽여 본보기를 삼는 것입니다. 필요한 물자는 인근 마을을 약탈하여 징발하고 있습니다."

"……확실히 이상하긴 하네. 근데 그게 왜?"

오랑캐들의 행동이 이상하다는 것에는 이현도 동의했다.

그가 혈천신마였을 때의 기반은 마적이었으니까.

오랑캐들이 어떻게 행동하는지, 그들이 원하는 것이 무엇인지 모를 리 없다.

오랑캐들은 약탈을 한다. 신강보다 더 척박한 그네들의 땅에서는 자급자족할 만한 식량이 턱없이 부족했으니까. 국가라는 개념보다는 부족이라는 개념이 강해 어지간히 대단하고 야망이 큰 인물이 나오지 않는 이상은 군대를 키워 세를 확장하기보다는 굶주림을 면하는 편이 그들에게도 이득이었다.

그런 그들이 마적들을 규합하여 군대로 만들고 세를 키운다는 건 지금까지 보여 온 그들의 행동과는 어울리지 않다.

더욱이 그런 일은 혈천신마 때에도 없었던 일이었고.

하지만 거기까지다.

아주 없었던 일도 아니고, 그래도 한번은 중원을 정복하고 황조까지 세웠던 놈들이다. 또 그런 욕심을 부리지 말라는 법도 없다.

단지 그것만으로 어둠의 주인이라는 이에게서 떨어져 나온 조각과 연결하기에는 부족하다.

그런 이현의 지적에.

"허허! 조금 더 거슬러 올라가 이야기를 드려야겠습니다."

신검은 웃으며 설명을 더했다.

"현재 오랑캐들은 크게 여섯 개의 세력으로 구분되고 있습니다. 안에서 이웃한 부족들을 복속시켜 세를 키우고 있는 세력이 넷이며, 특별히 한쪽에 속하지 않고 기존의 양식을 지키고 있는 세력이 하나입니다. 그리고 남은 하나는 변경(邊境)을 넘어 이곳 신강에 자리를 잡아 세를 규합하고 있습니다. 그렇게 이 신강에서 세를 불리고 있는 부족의 숫자가 다섯입니다."

"……안에서, 밖에서 세를 규합한다?"

"예. 관심을 기울여야 할 것은 지금 신강에 넘어와 세를 불리는 이 다섯 개의 부족 또한, 도우와 제가 맞서 싸우던 과거에는 그들의 땅에서 세를 규합했었다는 사실입니다."

스윽. 슥.

신검의 설명에 이현은 바닥에 큰 원을 그렸다. 그 원을 나누어 한쪽에 작게 구획을 잡고, 또 원 밖에 새로운 큰 원을 그렸다.

안에 잡힌 구획. 그리고 원 밖에 그려 넣은 또 다른 큰 원.

그것을 가만히 노려보던 이현이 불쑥 입을 열었다.

"전쟁하긴 딱 좋네? 안에서 치고, 밖에서 치고?"

오랑캐들의 세력이 하나로 합쳐지면 필연적으로 그들은 중원을 공격하게 되어 있다.

비대해진 규모를 감당하기 위해서는 중원의 비옥한 토지와 괴물 같은 생산량이 필요했으니까.

그런 가정을 했을 때 신강에 안착한 다섯 개의 부족은 중원을 치는 데 필요한 훌륭한 도개교이자, 선발대가 된다.

단순한 우연의 일치로 보기에는 공교롭긴 했다.

더구나.

"확실히 하는 짓도 우리랑 비슷하고?"

피를 보는 일.

이현과 천마. 그리고 신검이 했던 일들이 모두 그랬다.

천마는 중원 정복을 하려 했고, 이현은 천마가 하려 했던 중원 정복을 실제로 해 버렸다. 그리고 신검은…….

정신 상태 자체가 살인에 미친 살인귀다.

형태가 달라졌을 뿐 국가와 국가 간의 전쟁도 그런 큰 틀에서 벗어나지는 않는다.

아니, 오히려 피를 보기에는 단순한 무림이란 세상에 국한시키는 중원 정복보다 오히려 더 쉬운 방법이다.

"그럼 그 다섯 부족을 이끄는 놈들을 죽여 보면 네 말이 사실인지 아닌지 알 수 있다?"

"그렇게 되겠지요."

신검의 대답에 이현은 고개를 끄덕였다.

"어쩌면 이놈들 중에 혼원살신공을 훔쳐 간 놈이 있을 수도 있고?"

"……허허! 글쎄요. 그것까지는 잘 모르겠습니다."

신검은 한발 뺐지만 이현은 개의치 않았다.

단순히 혜광의 말이 찝찝해서 지금껏 신검과 입 아프고 머리 아프게 대화를 주고받은 것이 아니다.

아니, 처음에는 그랬지만 지금은 아니다.

혜광의 말을 사실이라고 전제했을 때.

어쩌면 혼원살신공을 가로챈 범인을 찾을 수 있지 않을까 생각했기 때문이다.

혈천신마가 존재했던 과거를 기억하는 놈이라면.

혼원살신공이 얼마나 대단한 무공인지 알 것이다. 더불어, 이현의 몸으로 신강을 다시 찾은 걸 보고 혼원살신공이 어디에 잠들어 있는지 어렴풋이 추측할 수도 있을 것이다.

현재로서는 가장 확률 높은 이야기다.

고로.

이현이 걸어 나갔다.

"가자! 겁 대가리 없이 내 것 훔쳐 간 놈 죽이러!"

도둑놈일지도 모르는 놈을 찾아 죽이면 된다.

그럼 그놈의 머리 아픈 조각인지 무엇인지에 대한 가정이 사실인지 아닌지도 알 수 있고, 감히 혼원살신공을 훔쳐 간 죄를 물을 수도 있었다.

"허허허, 훔쳐 갔는지는 아직 모르는 일이지 않습니까."

신검은 웃으며 고개를 가로저으면서도 그런 이현의 뒤를 쫓았다.

*　　*　　*

신강의 메마른 대지를 가로질렀다.

승려들과 마주쳤다. 중원의 그것과는 조금 다른 규율을 가지고 있는 그들은 서장에서부터 고행을 위해 길을 나선 이들이라고 했다.

그런 그들의 행렬은 어수선한 신강의 시국과는 어울리지 않았지만, 이현이 크게 신경 쓸 대상은 아니었다.

신검에게 오랑캐들은 종교인을 건드리지 않는다는 이야기를 듣기도 했었고.

그렇게 도착한 곳은 신강에 정착한 다섯 부족 중 신검의 마을에서 가장 가까운 곳에 위치한 곳이었다.

무공을 익히지 않은 일반 장정의 걸음으로는 꼬박 나흘을 걸어야 도착할 수 있는 곳이다.

공교롭다면 공교롭다.

그들의 근거지는 과거 적조가 머물던 곳과 그리 멀리 떨어지지 않은 곳이었으니까.

덕분에 길 찾기도 한결 수월했다.

"아주 성을 쌓아 놨네?"

이현은 눈앞에 펼쳐진 광경에 피식 웃음을 흘렸다.

목책이 서 있다. 그것도 꽤나 정성 들여 세운 목책이다. 그저 이름 없는 산적들이 형식상 쌓아 올린 목책과는 비교도 할 수 없을 수준이다.

그 목책 너머로 달리는 기마가 만들어 낸 희뿌연 먼지가 구름처럼 몽글몽글 피어오르고 있었다.

전해지는 감각으로도 그 숫자가 제법 된다.

"어찌하시겠습니까? 해가 지면 아무래도 수월하지 않으시겠습니까?"

신검이 물었다.

그 물음에 이현은 고개를 가로저었다.

"그래 봐야 마적 아니면 오랑캐지 뭐."

그리고.

쿵!

발을 굴렀다.

강하게 내디딘 한 발자국에 땅이 움푹 파인다. 동시에 이현의 신형은 긴 꼬리를 남기며 눈앞의 목책을 향해 쏘아져 나갔다.

펑!

발 구름 이후 연이어 굉음이 울린 것은 아주 잠시 후였다.

끄그그그극!

자기들 딴에는 정성 들여 쌓았을 목책이 무너지는 건 한순간이었다.

자욱한 먼지가 피어오르고.

저벅. 저벅.

이현은 서슴없이 자신이 무너트린 목책을 밟고 안으로 들어섰다.

그리고 말했다.

"여기 대장 나와. 다 죽기 싫으면!"

척!

한쪽 어깨에 검을 걸친 채 오만한 경고를 남긴 이현의 입가에는 비릿한 웃음이 맺혀 있었다.

하지만.

"아우라래! 훙아우라래!"

그 웃음은 그가 무너트린 목책 아래에 깔려 소리치는 젊은 오랑캐 사내의 외침에 처참하게 뭉개졌다.

"아! 이것들 내 말 못 알아듣지?"

눈앞을 가로막는 목책을 넘어 들어왔더니, 이번엔 언어의 장벽이 가로막았다.

                              *   *   *

"너희 대장만 죽이면 그냥 갈게."

라고 말해 봐야 소용없다.

이현 나름대로는 배려의 의미를 듬뿍 담아 한 말이겠지만, 듣는 놈들의 대답이 하나같이 쌀롸쌀롸 도통 알아듣지 못하는 말인 바에야 그게 다 무슨 소용인가.

말하는 놈도, 듣는 놈도 서로 무슨 말을 하고 있는지 전혀 못 알아먹고 있다.

이래서 언어의 장벽이 무서운 거다.

기회를 줘도 그게 기회인지조차 알아먹질 못한다.

그래도 다행이라면.

똥고집은 쓸데없이 강하지만, 쓸데없이 포기도 빠른 인간이 이현이라는 점이다.

물론, 그 빠른 포기에 포함되는 것들 대부분이 평화적이고 유화적인 요소라는 사실은 굳이 말할 필요도 없다.

어쨌든.

이현은 포기했다.

말로 하는 언어는 통하지 않는다.

그래서 새로운 언어를 통해 대화를 시도했다.

이현의 입장에서는 상대가 말을 알아 처먹든 말든 원하는 바만 확실하게 이루면 그만이다.

다만, 오랑캐들에게는 이현이 소통을 위해 선택한 새로운 언어가 말과 음성이 아닌 몸으로 하는 몸짓언어라는 점이 불행이었겠지만.

이른바 만국 공통어.

글 모르고 말 못하는 갓난아기들도 손쉽게 따라 할 수 있는 몸짓언어는 이현이 자신 있어 하는 분야였다.

물론, 세부적으로 파고들면 그 몸짓 언어 중에서도 다른 것은 다 제쳐 두고 파괴적인 분야에서만 국한된 이야기였지만 말이다.

두드려 패고, 죽이고 하면 그 뜻이 무엇인지 모를 상대는 없다. 그만큼 명확했다. 문자와 언어가 달라도 누구나 알아들을 수 있을 만큼.

죽을래? 살래?

폭력적인 몸짓언어가 전하고자 하는 결론적 의미는 그것이 전부다.

고로.

"……컥!"

일단 이현의 앞에서 칼 들고 쌀라쌀라 알아듣지도 못할 말만 시끄럽게 떠들어 대던 사내의 목소리부터 끊어 놓았다.

말이 멈추고. 이내 사내의 목에 가는 실핏줄이 생겼다.

그리고.

푸확!

목과 머리가 분리되고 솟구치는 핏줄기와 함께 머리통이 날아간다.

눈 깜짝할 사이에 한 명이 죽었다.

오랑캐 측의 입장에서는 난리가 났다.

난데없이 목책이 무너져서 사상자가 발생한 것도 모자라, 그 무너진 목책을 밟고 들어온 낯선 침입자는 다짜고짜 알아들을 수 없는 말을 내뱉고는 동료를 죽인다.

난리가 나지 않으면 그게 더 이상한 일이다.

비명인지 환호인지 알 수 없는 기묘한 소리로 위험을 알리는 신호를 보내는 그들의 행동에 여기저기서 오랑캐들이 몰려나오기 시작했다.

하나같이 병장기를 하나씩 꼬나 쥐고 모여드는 그들의 모습에 이현은 웃었다.

"일단 애는 아니고!"

안휘를 피바다로 만들었던 이현이다. 아니, 그보다 과거에는 혈천신마라는 이름으로 중원을 피로 적신 대마인이었다.

눈앞에 몰려드는 오랑캐라고 다를 것 없는 건 마찬가지다.

마음만 먹으면 칼 몇 번 휘두르는 것으로 부족 하나 몰살시키는 건 일도 아니다.

그러나 그러지 않았다.

수고스러움을 무릅쓰고 이현은 한 명 한 명 일일이 죽이는 편을 택했다.

"하나하나 죽이다 보면 그중에 이놈들 대장도 있겠지 뭐."

별다른 이유는 없다.

애초에 별 원한도, 관심도 없는 오랑캐 부족에 난입한 이유는 조각이다.

신검의 가설이 사실인지 아닌지 확인하면 된다.

그러니까 오랑캐 부족을 이끄는 대장 하나만 죽이면 되는 것이다. 다만, 그 대장이란 놈이 어디에 붙어 있는지 어떻게 생겨 먹은 놈인지 전혀 모르고, 대장 불러오라고 말해도 말이 안 통한다는 것이 문제였다.

그렇다고 무턱대고 다 죽였다가 이도 저도 아니면 그땐 더 골치 아파진다.

그러니 일단 귀찮음을 무릅쓰고서라도 일일이 하나하나 죽여 보면서 감상을 느끼는 편이 현재로서는 최선이다.

죽이다 보면 대장이 튀어 나오든, 아니면 죽인 놈 중에 섞여 있든 어떻게든 될 테니까.

단순 무식한 방법이다. 하지만, 그 단순 무식함에 항거할 수 없는 절대적인 힘이 깃들어지면 그건 간단히 단순 무식함이라 정의할 수 없었다.

단순하고 무식하지만 도저히 막을 수 없는 건 이미 그 자체로 재앙이다.

"이놈도 아니고! 얘도 아니네?"

하나하나 일일이 칼을 꽂아 확인하는 이현의 꼼꼼함에 국경을 넘어 신강에 안착한 부족 하나가 송두리째 쓸려가고 있었다.

메마른 땅 위를 더운 피가 적셨다. 비명이 하늘을 가득 채웠다. 알아들을 수 없는 말이었지만, 죽어 가는 이들이 퍼붓는 말들이 그를 향한 저주라는 것쯤은 충분히 짐작할 수 있었다.

그렇게 얼마나 죽였을까.

"염병! 대장이란 놈은 왜 안 나오는 거야?"

이현도 슬슬 귀찮아지고 짜증 나기 시작했다.

그때였다.

"허억! 무, 무당신마가 여긴 왜……!"

이현의 고개가 휙 돌아갔다.

귓가에 들려온 그 말은 너무나 익숙했다.

목소리는 낯설다. 하지만, 그 목소리로 표현된 언어는 너무나 익숙하다.

중원어다.

화악!

삽시간에 거리를 좁혔다.

"너 인마! 정말 반갑다, 인마!"

그리고 멱살을 움켜잡고 격한 감정을 표현했다.

그런 격렬한 감정 표현으로 졸지에 멱살을 잡혀 버린 사내의 동공이 요동쳤다.

그도 그럴 것이 초면에 멱살부터 움켜쥐고 격한 반가움을 표현하고 있는 상대는 무당신마다. 중원을 일통하고, 황실과 대립각을 세우고 있는 거물.

그런 거물이 격한 반가움을 서슴없이 드러낸다.

불안하다면 불안할 수밖에 없다.

더구나 무당신마라는 별호를 가진 거물의 뒤엔 항상 천마를 죽였다느니, 안휘를 혼자 쓸어버렸다느니, 무림맹주를 죽였다느니 하는 살벌한 추가 설명이 덧붙여지니 더더욱 그럴 수밖에 없었다.

아니, 그보다 애초에 신강의 마적치고 이현이란 이름 두 글자를 모르는 사람은 없다.

단신으로 신강을 대표하던 거대 마적단을 접수한 것도 모자라 마교의 무사대와 정면 대결을 펼쳐 승리한 일은 그리 오래전의 일도 아니었다.

그러니 더욱 불안하다.

'호, 혹시 내가 무슨 잘못을 저질렀나? 그래서 나 죽이러

온 건가?'

불안함에 온갖 불길한 생각들이 사내의 머릿속을 가득 채
웠다.

그러나 그 불안함은.

"모르지 인마! 내가 널 어떻게 알아!"

곧 이어진 이현의 대답에 황당함으로 바뀌었다.

"허, 허면 왜?"

당연한 질문이다.

피차 서로 모르는 사이에 왜 갑자기 반갑다고 하는 것인지
에 대한 의문을 가지는 건 당연한 수순이었다.

"이것들은 말이 안 통해."

"그, 그야 여기 사람들은 중원인이 아니니……."

자꾸 당연한 말만 하는 이현의 대답에 사내의 황당함은 점
점 더해져 갔다.

그러나 사내는 마적 출신이다.

이현이 신강을 휩쓸고 떠나 버리고, 그 뒤로 무림맹과 마교
의 전면전으로 또 한차례 홍역을 앓았던 신강에서 여태껏 살
아남아 살기 위해 오랑캐의 병사로 강제 징집된 마적.

거듭 더해지는 황당함에도 불구하고, 사내는 자신이 어떤
질문을 해야 하는지 명확하게 파악하고 있었다.

자고로 세상은 눈치로 살아가야 하는 법이다.

"허, 허면. 이들에게 대체 무슨 말씀을 하고 싶으신 건지요?"

이현이 원하는 바를 들어주어야 한다.

죽기 싫으면.

그 질문에 이현의 입가에 걸린 웃음이 짙어졌다.

"아! 별것 아니야. 그냥 얘네 대장만 좀 죽여 보고 가려는데 말이 안 통해."

"그, 그게 별거입니다만?"

사내의 등 뒤로 식은땀이 흘러내렸다.

이현이야 별일이 아니라고 말했지만, 그가 지금 사로잡혀 원치도 않는 군사 훈련을 받고 있는 이 부족의 입장에서는 확실히 별일이다.

"마, 말이 통해도 안 들어주지 않을까요?"

다짜고짜 쳐들어와서 '너희 족장 한번 죽여 보기만 하고 갈게.' 하고 말하는데 누가 그 말을 들어줄까.

사람 목숨이 여럿이 아닌 이상 누구도 그런 부탁은 들어주지 않을 것이다.

그래도 어쩌겠는가.

"일단 이야기해 보겠습니다."

이현이 원한다는 데야 시도는 해 볼 수밖에.

어차피 사내의 입장에서도 강제로 잡혀 '죽을래? 아니면 싸울래?'라는 이지선다의 선택지에서 마지못해 '싸울래'를 선택한 처지이니 아쉬울 것도 없다.

사내가 목소리를 높여 이야기했다.

"우와아아악!"

그리고 알아들을 수 없는 거친 언어와 격렬한 괴성으로 그 대답을 돌려받았다.

사내는 식은땀이 가득 흐르는 얼굴로 이현을 쳐다봤다.

"싫다는데요?"

굳이 통역하지 않아도 충분히 알아들을 수 있는 오랑캐들의 의사 표현이었지만 어쨌든 의사는 확실히 알았다.

말이 안 통해도 문제더니, 이번엔 말이 통해도 문제다.

이정도 무력시위를 보여줬으면 알아서 기어도 모자랄 판에, 죽자고 달려드니 무슨 수가 있을까.

입가에 걸렸던 웃음이 사라진 이현은 고개를 절레절레 저었다.

"그럼 어쩔 수 없네. 다 죽여야지!"

살 기회를 줘도 싫다는데 어쩌겠는가. 귀찮고 수고스럽더라도 어쩔 수 없이 다 죽이는 수밖에 도리가 없다.

척!

이현이 잠시 멈췄던 검을 다시 치켜들었다.

더불어.

"자, 잠깐만요! 잠깐만 기다리십시오!"

곁에서 그 모습을 지켜보던 사내는 기겁했다.

어떻게든 살아남겠다고 마적에서 오랑캐의 병사로 직업 변경을 한 그다. 그런 그의 입장에서 이현이 다 죽인다는 대상의 범위에 자신이 포함되는 건 극구 사절할 일이었다.

"제가 압니다! 조, 족장이 어디 있는지 제가 알고 있습니다. 지금 부족장과 함께 출타중입니다!"

사내의 절규하듯 쏟아 내는 말이 막 검을 휘두르려던 이현을 붙잡았다.

잠시 떨어졌던 이현의 시선이 다시 사내를 향했다.

씨익!

"그래?"

사라졌던 웃음을 다시 얼굴에 띠었다.

그리고.

"그럼 이것들은 일일이 안 죽여도 되겠네."

스확!

검을 휘둘렀다.

단 일 검.

눈앞에 있는 오랑캐 부족을 지우는 데에 더 이상의 검은 필요 없었다.

　　　　　　＊　　　＊　　　＊

　오랑캐 부족을 방문해서 만난 마적 출신 사내의 이름은 봉마(奉馬)로 성은 일씨라고 했다.

　본디 그 부모가 말을 키우는 이라 자신의 직업을 물려받아 말을 받들고 살라는 의미로 그리 지었단다.

　중요한 건 그것이 아니다.

　"족장 이름은 인케, 톨입니다. 대충 평화롭다 뭐 이런 뜻이라는데 하는 짓하곤 안 어울리지요. 아무튼, 부족장과 함께 지금 이곳에 없습니다. 전사들을 이끌고 영업. 아니, 노획에 나섰거든요. 저희 마적들은 아직 못 믿는지 노획엔 참가시키지 않더군요. 걔네들 말 타는 솜씨면 아마 지금쯤 돌아오고 있을 겁니다. 방향은 음…… 그러니까 이쪽입니다!"

　중요한 건 그 족장이라는 놈의 정보였다. 보다 정확히 말하자면, 그놈이 지금 어디에 있는 가다.

　봉마라는 이름의 사내를 길잡이로 삼아 걸었다.

　그리고 약 한 시진 후.

　봉마의 말대로 노략질을 마치고 돌아오는 오랑캐들과 마주쳤다.

　"휘이이익!"

"키야아아악!"

괴상한 소리를 내지르는 그들은 말을 몰아 주위를 둥글게 에워쌌다.

원을 그리며 포위한 채 요란스럽게 움직이는 건 그들의 전통적인 사냥법이자 병진이라고 했다.

그러나 이현의 시선은 주위를 어지럽게 도는 이들이 아닌, 다른 곳을 향하고 있었다.

그보다 한 발자국 뒤.

말 탄 사내가 있다.

솟은 광대와 떴는지도 모를 만큼 가는 눈매. 하지만 그 안에 담긴 안광은 또렷하고 선명하다. 입고 있는 옷 자체가 달랐다. 가죽을 통으로 가공하여 만든 옷은 이미 그 자체로 창칼의 공격을 막아 주는 훌륭한 방호구이기도 했다.

이현이 봉마에게 물었다.

"저놈이 대장이냐?"

"예! 저 사람이 족장입니다."

봉마의 대답에 이현이 고개를 끄덕였다.

"좋아!"

그리고 튀어 올랐다.

순식간에 거리를 좁혔다.

원을 그리며 주위를 포위한 채 어지럽게 도는 인마의 띠를

단 한순간에 건너 뛴 그대로 검을 족장의 심장에 박아 넣어 버렸다.

무어라 대화 한 번 나누지 않고 행한 일이다.

아니, 애초에 대화는 필요 없었다. 어차피 언어가 달라 말이 통하지 않을뿐더러, 이현이 확인하고자 하는 건 애초에 족장과의 대화로 알 수 있는 것이 아니었으니까.

"끄윽!"

미처 대처할 틈도 없이 이루어진 기습에 족장은 두 눈을 부릅뜨고 부르르 떨리는 손으로 심장을 관통한 검을 움켜쥐었다.

하지만 그것뿐이다.

이내 숨이 멈추고, 손에 힘이 풀린다.

이히히히힝!

뒤늦게 놀란 말이 긴 울음을 토하며 두 앞발을 치켜들었지만, 그 행동은 그저 제 주인의 죽은 육신을 바닥에 떨어트리는 것 이외에는 아무런 소득도 없었다.

"뭐야? 아무런 느낌도 없는데?"

이현의 얼굴에 실망한 빛이 어렸다. 더불어 매서운 시선으로 신검을 찾았다.

"허허. 그렇습니까? 어쩌면 저자는 조각이 아니었을지도 모르겠습니다. 걱정치 마시지요. 아직 네 개 부족이 남아 있지 않습니까."

신검은 팔자 좋게 웃고 있다.

기껏 그의 가설이 사실인지 아닌지 확인하기 위해 나섰건만 본인은 전혀 상관없다는 투다.

그게 더 짜증 난다.

그때 주인을 잃은 말이 달아났다.

"인케!"

달아나는 말 한 마리를 신호로 족장을 잃은 오랑캐들은 혼란에 빠졌다.

단순한 사냥감으로 여겼던 이에게 족장이 목숨을 잃었으니 그 혼란은 결코 적지 않았을 것이다.

그중에서도 유독 큰 소리를 내며 달려드는 이가 있었다.

건장한 체구와 창을 찔러 들어오는 날랜 움직임에 언뜻 무공을 익힌 흔적이 엿보였다.

그가 찔러 넣은 창을 피해 낸 이현의 시선은 흘깃 봉마를 향했다.

"이 자식은 누구야?"

"부, 부족장입니다. 이인자!"

"아……."

봉마의 대답에 이현은 고개를 끄덕였다.

부족의 이인자란다. 일인자가 죽었으니 좋아해도 모자랄

판에 이처럼 분노하는 꼴을 보니 의외로 죽은 족장과의 사이가 제법 좋았나 보다.

죽은 족장과 살아 있는 부족장 간의 돈독한 의리는 칭찬해 줄 만하다.

다만.

신검의 가설을 확인하기 위해 나선 걸음이 헛걸음이었음을 확인한 이현은 지금 몹시 짜증 나 있었다는 것이 문제다.

"뭐! 뭐 어쩌라고!"

스확!

신경질적으로 휘두른 검이 찔러 들어오던 창을 반으로 갈랐다. 창두에서부터 시작해 창대 끝까지 반듯하게 반으로 잘라 낸 이현은 거기서 멈추지 않고 검을 앞으로 쑥 찔러 넣었다.

푹!

피가 튄다.

족장이 그랬듯, 달려들었던 부족장의 심장에도 이현의 검이 꽂혔다.

이현은 신경질적으로 검을 뽑아내려 했다.

"하여간 별것도 아닌 게 짜증……!"

하지만 동작은 끝까지 이어지지 못했다.

"쟤가 아니고 너였냐?"

이현의 시선이 가슴을 관통 당한 부족장을 향했다.

씨익!

부족장은 역류한 핏물로 시뻘게진 이를 드러내며 웃었다.

*　　　*　　　*

한 사람이 만들어 내는 재앙이 신강을 휩쓸었다.

피바람이었다. 휩쓸리면 무엇이든 죽는다. 오랑캐들은 이를 악마의 바람이라고 했다. 그러나 누군가에게 재앙인 그것은 반대로 누군가에게는 축복이고, 희망이 되기도 했다.

신강의 마적들. 그리고 신강에 터를 잡고 사는 주민들이었다.

국경을 넘어 신강에 안착한 다섯 부족에 병합되거나 굴복해야 했던 마적들의 입장에서야 경쟁자이자 포식자가 사라지는 것은 당연히 환영할 일이었다.

그건 신강의 주민들 또한 마찬가지였다. 마적의 약탈도 모자라 오랑캐들에게까지 시달림 받던 이들이니 만큼 홀로 오랑캐들을 정리하는 이현의 존재는 가뭄 날 내리는 빗줄기와도 같았다. 하물며, 그건 현재 관군들도 하지 못하는 일이었으니까.

물론, 이현은 그런 것 따위는 신경 쓰지 않았다.

아니, 오히려 불편했다.

"염병! 내가 이 꼴 보기 싫어서 신강 왔구만!"

사도련에서는 무슨 천하의 지재에 속 깊은 인간이 되더니, 여기서는 또 영웅 취급이다.

소문은 또 어떻게 들었는지 지나치는 마을마다 환영 행렬이 쏟아져 나온다.

혈천신마 때 신강에서 일어섰을 때도 이런 반응은 없었다. 아니, 오히려 혹여나 눈이라도 마주칠까 봐 지나간다는 소문만 들리면 마을 자체가 통째로 이주를 감행할 정도였다.

이런 반응은 낯설고 어색하다.

당연히 어떻게 대응해야 할지는 더더욱 알 수 없다.

"허허! 그래도 사람들이 이리 좋아해 주니 얼마나 좋습니까?"

그런 속도 모르고 신검은 이딴 소리나 지껄이고 있다.

"뒈질래? 죽고 싶냐?"

"허허허. 설마요. 세상에 두 번씩이나 죽고 싶은 사람이 어디 있겠습니까? 죽을 땐 죽더라도 아직은 아닙니다. 허니, 참아 주시지요."

이현이 눈을 부라리고 나서야 신검이 한 발자국 물러선다.

"아, 저거 죽이고 싶다."

이현은 신검을 바라보며 진심을 담아 말했다.

사실 이현에게는 죽이고 싶으면 죽이는 것이 익숙한 일이다. 혈천신마 때는 그랬으니까. 이현이 된 이후에도 곧잘 그렇게 했다.

하지만 아직 신검이 필요하다.

추정하고 머리 굴리는 쪽으로는 이현보다 신검이 훨씬 나았으니까.

더구나 부족장 놈을 죽이고 얻은 숙제까지 있는 이상은 아직 신검을 살려 두어야만 했다.

"아까 말한 건? 짚이는 건 있어?"

혹시나 해서 물었다.

부족장을 죽이고 경험했던 것. 뿌듯한 만족감. 그래도 뭐하나 했다는 느낌. 그것 말고도 또 다른 것이 찾아왔었다.

생경한 경험이다.

천마를 죽이고 신검을 죽였을 때는 전혀 경험하지 못했던 것이다.

아니, 오히려 혜광을 죽였을 때 경험과 비슷했다.

"허허! 글쎄요. 환영이 보이신다니…… 겪어 보지 않은 저로서는 가늠이 되질 않는군요. 아니, 이야기라고 하는 편이 차라리 나을지도 모르겠습니다."

물론, 그 혹시나 하는 질문은 역시나로 돌아왔다.

아무리 신검이라도 이번만큼은 그리 쉽게 추정하기 어려운 듯했다.

하긴, 신검은 이런 경험을 해 본 적이 없으니까.

아니, 천마를 죽이거나 같은 조각들을 죽여 본 경험 자체가 없었으니까.

어쩌면 당연하다.

그리하여 신검이 내놓은 해답은 간단하다.

"더 죽이다 보면 윤곽이 보이지 않겠습니까?"

"······미친!"

물론, 이현으로서도 달리 방법이 있는 것은 아니다.

낯선 배경. 낯선 환경. 낯선 옷차림. 낯선 언어.

이현이 부족장을 죽인 그 순간 찾아온 환영이다. 하지만, 도무지 무슨 말인지 무슨 상황인지 알 수가 없었다.

다만 한 가지.

부족장은 조각이 맞았다는 것.

그리고 결국은 신검이 추정한 것과 큰 틀에서 벗어나지 않았다는 것.

그것만은 확실하다.

그리고 또 하나.

한 개의 오랑캐 부족이 사라졌지만, 아직 신강에는 남은 부족이 넷이나 더 있다. 그리고 그 넷 중에 또 다른 조각이 있을 가능성이 있다.

현실적으로 신검의 말처럼 당장은 그 네 부족을 모두 족치고 조각을 찾는 편이 가장 손쉬운 방법이었다. 그리고 아직 혼원살신공을 가로챈 범인도 잡지 못하지 않았던가.

이현은 신검을 바라보았다.

"당분간은 어쩔 수 없이 네 말대로 해 주지."

"허허! 감사합니다."

신검은 그저 웃을 뿐이다.

그 모습이 마음에 들지 않는 듯 인상을 찌푸린 이현은 이내 고개를 돌렸다.

"얼마나 더 가야 해?"

이현의 물음에 이번에는 다른 목소리가 답했다.

"좀 전에 들른 마을에서 들은 이야기대로라면 이대로 반나절만 더 가면 될 듯합니다."

목소리의 주인은 봉마였다.

이현이 원하는 것은 조각이다. 추정컨대 조각이라는 작자들은 부족의 행보에 영향력을 끼칠 수 있는 신분을 갖고 있다.

그게 아니라면 멀쩡히 잘살고 있던 부족들이 국경을 넘어 신강에 안착할 수가 없다. 아무런 위치도 없는 부족원의 말에 부족 전체의 운명을 걸지는 않을 테니까.

처음 예상과 다르게 족장이 아닌, 부족장이 조각이었지만 어찌 되었든 추정은 맞았다.

결국, 이현은 신강에 존재하는 오랑캐 전부를 죽이고자 하는 것이 아니다. 그건 이현도 귀찮다.

그러니 통역이 필요했다.

오랑캐들의 말을 알아듣고, 족장. 혹은 부족장. 그것도 아니면 조각으로 추정할 만한 존재의 위치나 신분을 물어 확인할 사람이 있어야 했으니까.

그 역할에 봉마가 당첨됐다.

"반나절이라…… 뭐 그리 멀지는 않네."

봉마의 대답에 이현은 고개를 끄덕였다. 그리고 느긋하게 허리를 젖힌다.

말 위에 눕듯 기댄 이현은 눈을 감았다.

스윽.

손이 검집을 향한다.

스윽.

다시 손이 검집에서 떨어진다.

그리 길지 않은 시간 동안.

이현의 손은 수 없이 검을 오갔다.

그리고 이현은 자신의 손이 한 그 수많은 동작들을 모두 확실히 인지하고 있었다.

"……."

눈을 떴다.

이현은 오른손을 들어 눈앞에 가져갔다.

그 손으로 부족장을 죽였다. 그러나 그게 전부다. 그걸 특별하다고 이야기할 거리는 되지 않는다. 부족장뿐만 아니라 많은 사람들이 그 손에 죽어 갔으니까.

더구나 손은 평소와 달라진 것이 없다.

여기저기 나무의 옹이처럼 굳은살이 박혀 있고, 수 없이 벗겨지고 아물기를 반복한 손바닥은 거칠었으며, 손가락 마디는 굵었다.

그러나.

"……흠!"

제 손을 바라보는 이현의 눈은 작게 찌푸려져 있었다.

무언가 마음에 들지 않는 표정이었다.

＊　　＊　　＊

이현의 행보는 멈추지 않았다.

첫 번째 부족을 전멸시킨 지 사흘이 되던 날.

이현은 두 번째 부족을 전멸시켰다.

이미 유명세를 탄 탓에 여러 마을과 마적들이 바친 정보를 토대로 일을 진행한 덕에 크게 어려운 일은 없었다.

그러나.

부족 중 조각이라 할 만한 존재는 없었다.

그로부터 닷새가 지난 날.

이현의 손에 또 하나의 부족이 전멸했다.

이번엔 조각을 찾았다. 조각은 부족의 주술사이자, 예언가였다.

앞선 부족장과 달리 그는 육체적으로는 아무런 힘도 존재하지 않았다. 주술사라는 직업답게 몇몇 기이한 술법을 펼쳐보이는 게 전부였다. 그마저도 아무런 살상력이 없는 속임수같은 것들이었지만.

그리고. 그를 죽였을 때.

이현은 또다시 환상을 보았다.

환상 속에 보아 온 모든 풍경이 지금과는 멀리 떨어져 있는 오래된 과거임을 알았다.

아니, 알고 있었음을 깨달았다.

나흘 뒤.

또 하나의 부족이 신강에서 사라졌다.

조각은 존재하지 않았다.

그리고 열흘 뒤.

마지막 부족을 상대하면서 이현은 제법 큰 전투를 치러야 했다. 그들은 물론, 그들이 병합해 온 마적들과도 싸워야 했다.

홀로 대규모의 인원을 상대해야 하는 일이었지만.

사실, 그리 어렵지는 않았다.

굳이 어려운 것을 찾자면 그 많은 인원을 가려서 죽여야 했다는 것 정도다.

한 번에 쓸어버릴 것들. 그리고 하나하나씩 일일이 죽여 버려야 할 것들.

그 구분만 아니었더라면 굳이 하루 반나절을 그들과 드잡이질할 일은 없었을 것이다.

족장은 조각이 아니었다. 부족장 또한 아니었고, 주술사도 아니었다. 부족 최고의 전사도 아니었다.

조각은 없는 줄 알았다.

하지만 있었다.

족장의 부인.

오랑캐들이야 자기들끼리 무어라 표현하는지는 몰라도, 중원식으로 하면 대충 그런 위치에 있는 여인이었다. 아니, 어쩌면 첩이었는지도 모를 일이고.

어찌 되었든.

한 가지 깨달은 것이 있다면 조각은 힘의 강함과는 아무런
상관이 없다는 정도일 뿐이다.

조각을 죽이면서 이현은 환영을 보았다.

그리고.

"이제 좀 뭔 말인지 알아듣겠네."

환영 속에서 들리는 말들의 의미를 알 수 있었다.

그리고 깨달았다. 혜광이 죽었을 때.

이현이 환영 속에서 들었던 모든 대화들은 중원의 언어가
아니었다.

第八章

　이현이 신강으로 떠나기 전에. 아니다. 혜광이 무당파에서 숨을 거둔 직후라고 하는 편이 더욱 적절한 그때.

　이현은 옥분에게 한 가지 심부름을 시켰다. 그 심부름은 다시 간저패에게 이어졌다.

　그리 심각한 것은 아니다. 오히려 간단했다.

　무당파에서 만난 방갓을 쓴 사내는 천잔영휘라는 신법을 펼쳤다. 본디 철영투괴 홀로 익히고 있어야 할 천잔영휘다.

　이현은 이에 대해 조사를 하라 명했다.

　물론, 철영투괴나 천잔영휘라는 직접적인 언급은 없었다.

　하지만 그것만으로도 충분했다. 간저패의 정보력이라면 굳이 자세한 설명을 곁들이지 않아도 그 정도는 충분히 알아 낼 수 있을 테니까.

그러니 일차적으로 심부름을 시킨 이현도, 그 심부름을 맡은 옥분도, 마지막으로 그 심부름을 수행해야 할 간저패도 간단한 일이라 여겼다.

하지만 그 간단한 일이 본격적인 조사에 돌입하면서부터 복잡해졌다.

간저패는 철영투괴의 존재를 찾지 못했다. 그러나 천잔영휘의 존재는 확실히 찾아냈다. 거기까진 어렵지 않았다. 그 일대에서는 제법 시끄러웠던 이야기였으니까.

무림방파라고 부르기도 민망한, 조그마한 지방 유지 수준의 문파 문주가 지붕 서까래 밑에서 천잔영휘라는 무공서를 발견했다고 한다. 기연이라고 할 만한 일이었지만, 그 문파는 기연을 얻은 그날 밤 몰살당했다는 이야기다.

특별할 것도 없다. 작금의 무림을 뒤져 보면 그 같은 일은 너무나도 흔히 찾아볼 수 있는 일이었으니까. 아니, 요 몇십 년 사이에 유독 잦게 벌어지고 있는 일이었으니까.

실제로 무림맹에서도 어느 날 갑자기 사라져 버리는 무림방파들에 대한 조사를 했을 정도였다.

그리고 대개 우연히 습득한 무공 비급. 혹은, 오래전에 실전된 가전 무공을 되찾은 이후 혈사가 일어났다는 공통점도 확인했었다.

문제는.

생존자가 없다는 것이다. 문도들은 물론, 부리던 하인들과 왕래했던 손님들까지 모두 죽어 버렸다. 아니, 키우던 개마저 죽은 마당이다.

정보를 얻어야 하는 입장에서는 이보다 곤란한 경우도 찾아보기 힘들다. 하다못해 뜬소문이라도 있어야 이를 취합하고 추정할 텐데, 그조차 없었으니까.

그나마 문주가 써 온 일기가 후에라도 발견되지 않았더라면, 천잔영휘의 존재 자체도 영영 알아내지 못했을 것이다.

"황실이 혈사의 주범이라 하기에도 부족하고……."

대두는 머리가 아플 지경이었다.

이현은 옥분에게 심부름을 시키고, 옥분은 간저패에게 그 심부름을 하달했다. 그리고 실질적으로 그 심부름을 대신하는 사람은 간저가 아닌 대두일 수밖에 없다.

잔머리는 빠를지 몰라도 기본적으로 일자무식에 가까운 간저가 직접 정보를 취합하고 선별하는 일을 할 수 있을 리 없으니 결국 대두가 그 일을 대신해야 했다.

명색에 간저패의 군사라는 위치에 있었으니까.

"습득한 지 하루 만에 일어난 혈사이니 황실에서 직접적인 개입이 이루어질 시간은 없고……."

이현이 황궁으로 추정되는 정체불명의 고수가 천잔영휘를 펼쳤다고 이야기했지만, 마냥 황실을 의심하기에는 부족한 점이 많았다.

무공을 습득한 지 하루 만에 벌어진 혈사다.

가주가 무공을 발견할 것을 미리 알고 있지 않는 이상 결코 그 시간 안에 혈사를 일으키지 못한다.

아니, 설혹 알고 있었다고 하더라도 문제는 남아 있었다.

"미리 알고 있었더라면 굳이 그렇게까지 할 필요는 없을 테고……."

혈사를 일으킬 이유가 없다. 혈사를 일으키려면 당연히 그에 필요한 고수가 되었든, 병력이 되었든 투입을 해야 한다.

그건 황실의 입장에서도 번거롭고 귀찮은 일이다. 더욱이, 뒤도 지저분해진다.

그럴 바에야 가주가 천잔영휘를 발견하기 전에 미리 가로채는 편이 이득이다.

"이래서야 이번 일은……."

대두는 고개를 절레절레 저었다.

정보를 취급하여 사실을 추정하는 데 있어 가장 경계해야 할 것이 공백이다. 조금의 공백이 거짓을 사실로 만들고, 사실을 거짓으로 만든다는 건 이미 오랜 경험으로 터득한 대두였다.

이번 일이 그랬다.

공백이 너무 많다. 이런 정보로 정확한 사실을 추정하기는 사실상 불가능에 가깝다.

그렇다고 솔직하게 불가능하다고 이야기하기도 뭣 한 것은, 이번 일을 시킨 당사자가 이현이라는 데 있었다.

별 수 없다.

뭐 하나라도 건질 것이 있나 최대한 훑어보는 수밖에.

그나마 무림맹이 무너지고 그간 무림맹에서 수집해 온 정보들을 마음껏 열람할 수 없었더라면 최소한의 시도마저도 불가능했을 것이다.

사락. 사락.

탁자 위에 탑처럼 쌓인 서류 뭉치를 살피는 대두의 두 눈이 바쁘게 움직였다.

그렇게 열심히 서류를 뒤적거리고 있을 때.

툭!

서류를 넘기던 대두의 손등이 탑처럼 쌓인 서류를 건드렸다.

우수수수!

가뜩이나 불안불안하게 쌓여 있던 서류들이 그대로 바닥으로 추락했다.

"으아아아악!"

몇 날 며칠을 밤새워 가며 분류해 놓았던 것들이 한데 뒤엉켜 바닥을 가득 채우니 대두의 얼굴은 금방이라도 울 것처럼 일그러졌다.

이현이 시킨 일. 그리고 대두가 직접 처리해야 하는 간저패의 대외적인 일들까지.

그것들이 한데 뒤엉켜 버렸으니 다시 분류하려면 또 며칠 밤을 꼬박 새야 할 판이다.

하지만 어쩌겠는가.

아랫것들을 시키기에는 사안이 너무 컸고, 그렇다고 간저를 시킬 수도 없는 노릇이다.

결국 또 혼자 일일이 다 정리해야 했다.

"에이! 이건 또 왜 여기……!"

신경질적으로 뒤엉킨 서류 뭉치를 분류하던 대두의 움직임이 멈췄다.

서찰에 가까운 조그마한 종이 안에는 짤막한 문구가 적혀 있었다.

그리고.

그 아래 뒤엉킨 무림맹에서 가져온 정보들.

그 두 개가 묘한 기시감을 만들어 냈다.

동공이 흔들렸다.

"호, 혹시 아니. 아닐 거야! 아니어야 한다!"

대두는 급히 무림맹에서 수집해 온 서류 뭉치 속에서 조그마한 종잇조각들을 찾아내 모았다. 그리고 그것들을 비교해 보았다.

"……."

흔들리던 동공이 멈췄다.

말도 사라졌다.

그때.

덜컥.

대두의 집무실 문이 열렸다가 닫혔다.

누군가 들어왔다. 얼어 버린 대두의 시선이 초대받지 않은 손님을 향했다.

"……함구하는 걸로 합시다."

허락도 없이 문을 열고 들어온 손님은 히쭉 웃으며 검지를 들어 입술 위에 얹었다.

그 말에.

끄덕끄덕.

대두의 큰 머리가 위아래로 사정없이 흔들렸다.

흔들리는 대두의 얼굴은 새파랗게 얼어붙어 있었다.

*　　　*　　　*

이현은 고개를 좌우로 흔들었다.

"아오! 대가리 아파!"

막 감았다가 뜬 눈은 바쁘게 주위의 풍경을 뇌리로 전하고 있었다.

"괘, 괜찮으십니까?"

행운인지 불행인지는 알 수 없지만, 졸지에 길잡이 겸 역관이라는 새로운 직업을 갖게 된 봉마가 가장 먼저 입을 열었다.

"이제는 조금 아실 것 같으신지요?"

그 옆에 신검이 있었다.

막 신강에 자리 잡은 마지막 오랑캐 부족을 정리했다. 그리고 그건 곧 마지막 조각까지 죽였음을 의미했다.

이번에도 환영을 보았다.

그리고 전보다 많은 것을 알았다.

"……하여간 불친절하기가 혜광 같아!"

그 물음에 이현이 투덜거렸다.

신검은 환영을 보지 못한다. 조각을 직접 죽인 것은 이현이었으니까.

그리고 이현이 본 환영은 혜광이 죽었을 때 본 환영만큼이나 불친절하기 짝이 없었다.

여기저기 구멍이 뚫려 있고, 단절되어 있다. 뿌연 안개로 덮여 희미하게 보이는 것도 있고, 그조차 보이지 않고 가느다란 목소리만 들리는 것도 있다.

"……그래도 이번엔 뭐라고 씨부리는 지는 알 것 같더라."

"허허! 그렇군요. 허면…… 충분하십니까?"

"……"

신검의 물음에 이현은 입을 다물었다.

그저 미소인지 쓴웃음인지 분간하기 힘든 웃음을 입가에 머금을 뿐이다.

"한 가지는 확실해. 이 자식도 혼원살신공 가로채 간 놈은 아니야!"

"허허. 그건 그런 것 같습니다."

신검은 고개를 끄덕였다.

이번 조각은 족장의 여자였다. 세상을 움직이는 것은 남자고, 그 남자를 움직이는 것이 여자라더니 설마 조각의 성별이 여자일 것이라고는 전혀 상상도 못했다.

어떻게 보면 참 편하긴 하겠다 싶었다.

나가서 싸우는 것도 아니고, 빡세게 무공을 수련할 필요도 없다. 같잖은 눈속임으로 사람들을 현혹할 필요는 더더욱 없다.

그저 족장에게 베갯머리송사 몇 마디면 원하는 대로 부족을 움직일 수 있으니까.

물론, 그렇다고 이현이 여자가 되고 싶다는 것은 아니다.

"허면, 이제 제 차례인가요?"

신검이 웃었다.

신강에 조각이라 추정할 수 있는 존재는 다 죽였다. 그들은 이현이 혈천신마였었던 과거와 달리 국경을 넘어 신강에 안착한 오랑캐들이었으니까. 그 외에는 조각이라 추측할 특이점을 보이는 이들이 없었다.

그리고 확실한 조각이 아직 남아 있었다.

신검이다.

의심할 필요도 추측할 필요도 없다. 신검은 명백하게 조각이다. 혜광이 그렇게 말했으니, 틀릴 일은 없다.

혜광이 말했던 어둠의 주인이라는 존재를 보다 명확히 바라보기 위해서는 신검도 죽여야 한다.

지금껏 다른 조각들을 죽였듯이.

"왜? 이제야 죽어 줄 마음이 좀 드나 보지?"

담담한 신검의 모습에 이현이 피식 웃었다.

그러나 그런 웃음과 달리.

검을 쥔 이현의 손은 부들부들 떨리고 있었다. 아직 채 식지도 않은 오랑캐 여인의 핏물이. 마지막 조각의 핏물이 검신에 고스란히 남아 흘러내리고 있었다.

신검이 고개를 끄덕였다.

"이쯤이면 되지 않았나 싶군요."

그 모습에 이현의 눈매가 날카로워졌다.

"염병! 그래. 써먹을 대로 써먹었다 이거냐?"

"허허! 알고 계셨습니까?"

"모를 리가 있나. 나도 그 정도로 무식하진 않아."

날카로운 이현의 지적에 신검은 무안한 듯 웃었다.

알고 있었다.

신검은 이현을 이용해 신강에 안착한 오랑캐들을 처리하고자 했다.

과거 신검 시절 전성기에도 미치지 못하는 지금. 신검의 실력으로 혼자서 그들을 모두 상대한다는 것은 불가능에 가까운 일이었으니까.

그렇다고 이제 와서 마적들을 모아 세를 규합하기도 여의치 않았을 것이고.

그러던 차에 이현이 등장했으니 옳다구나 했을 것이다.

"왜 그랬어?"

다만 알 수 없는 것.

지금껏 생에 집착하는 것처럼 굴다가도, 이제 와서는 또 흔쾌히 제 목숨을 내놓으려는 신검이다.

그런 신검이 군이 이현을 이용해 신강의 오랑캐들을 정리하려고 했던 이유.

그것만큼은 이현도 알 수 없었다.

신검이 웃었다.

"이런 빈도라도 제 편이 있습니다. 살육을 하지 않고서는 버티지를 못하는 저라도 보듬어 주는 사람이 있습니다."

"……."

반대로 이현의 얼굴은 굳었다.

"그분들이 이곳에 삽니다."

웃으며 말하는 신검이 지칭하는 그들이 누구인지 이현도 어렴풋이 짐작하고 있는 탓이다.

"네 부모 아니야."

"이 몸의 부모지요. 또한, 저를 자식이라 철석같이 믿고 있는 분들이십니다."

이현의 지적에 신검은 담담히 대꾸했다.

그리고 말했다.

"무당신검이었을 때의 저는 제가 살기 위해 선한 사람이 되어야 했습니다. 무능력했으니까요. 저의 살성을 받아 줄 사람은 없었으니까요."

순간 이현의 귀에 신검의 목소리가 겹쳐졌다.

모르실 테지요. 모자라고 한없이 모자라기에 내세울
것은 그저 선한 것밖에 없는 사람의 마음을요. 내쳐지

지 않기 위해 그저 선해져야만 하는 사람의 심정을 말
입니다.

혈천신마였을 때. 신검이 죽기 전에 했던 말이다.

"지금은? 뭐가 다른데?"

"그분들을 위해 제가 선한 사람이 되고 싶어졌지요. 적어도
그분들께는 말입니다."

웃는 신검의 말에 이현은 미간을 찡그렸다.

"염병! 지랄도 풍년이다!"

그러면서도 입술을 깨문다.

기분이 더럽다.

"자! 이제 끝내시지요."

신검이 두 팔을 활짝 벌렸다. 훤히 가슴이 드러났다. 완전
한 무방비다.

어느새 이현의 손에 잡힌 검 끝이 신검의 심장 어림에 닿았
다.

그럼에도 신검은 아무런 반항도 하지 않았다.

마치 본인이 했던 말처럼 죽음을 그대로 받아들이겠다는
듯한 모습이다.

부들부들.

오히려 떨리는 건 검을 쥔 이현의 손이었다.

흘러내리는 핏물이 이현의 손을 축축하게 적셨다. 검을 악 쥔 손이 제멋대로 요동치는 것만 같다.

이현은 그런 자신의 손과 신검의 모습을 번갈아 바라보다 입을 열었다.

"그전에 하나만 묻자. 내가 머리가 나빠서 도통 생각이 안 난단 말이지."

"무엇을 말인지요?"

신검이 반문했다. 그 사이 신검은 스르륵 눈을 감았다.

그런 신검에게 이현이 말했다.

"내 혼원살신공. 너도 아니고, 오랑캐 놈들도 아니었어. 그 럼 대체 어떤 놈이 훔쳐 간 것일까?"

애초에 오랑캐들을 휩쓸었던 것도 그 혼원살신공 때문이 다. 혜광이 말한 조각이니 하는 것들을 알기 위해서라는 이유 는 어디까지나 부가적일 뿐이다.

오랑캐들은 혼원살신공을 가져가지 않았다.

그렇다면 혼원살신공을 훔쳐 간 범인은 누구인가.

이현은 아직 그 해답을 찾지 못하고 있었다.

＊　　　＊　　　＊

그리 길지 않은 시간 동안 변방을 다녀온 황태자는 웃고 있었다.

"어때? 이 정도면 너도 죽일 수 있지 않은가?"

하얀 이를 드러내고 웃는 황태자의 물음에.

"……."

회의는 침묵했다.

두 사람 사이에 희뿌연 연무가 어지럽게 춤추고 있었다.

황태자의 시선은 여전히 회의를 향하고 있었다.

무언으로 대답을 독촉하고 있었다.

그럼에도 회의는 답이 없다. 그저 아무런 감정도 담기지 않은 눈으로 황태자를 마주 응시할 뿐이다.

피식!

결국 먼저 입을 연 쪽은 황태자였다.

"재미없군!"

그리고 일어섰다.

"문을 열어라."

"……예."

황태자의 명령에 회의가 화답했다.

드르륵 탁!

양쪽으로 열리는 미닫이문이 누구의 손길도 닿지 않았건만 저절로 열렸다.

그리고 그 열린 문으로 황궁의 풍경이 넓게 펼쳐졌다.

그 앞에 펼쳐진 넓은 공간. 아니, 그 공간 너머 끝을 모르는 곳까지.

갑주를 착용한 병사들이 도열해 있었다.

선두에 그들을 이끄는 북방의 장수들이 기립한 채 황태자를 바라보고 있다.

황태자가 이번 외유에서 포섭해 온 이들.

그들을 포섭하기 위해 수많은 이득을 약속해야 했지만, 황태자는 그런 수고와 약속이 전혀 아깝지 않았다.

오랫동안 바라 왔던 일들이 이제 실현되고 있었다.

황태자가 명령했다.

"출병하라!"

북방을 지키던 대군 중 일부가 황실에 집결했다. 그리고 황태자의 명령에 출군을 시작했다.

국경에서 오랑캐들로부터 중원을 지키던 대군의 칼은 중원 밖이 아닌, 안을 향해 나아가고 있었다.

*　　　*　　　*

추적추적 내리는 빗줄기에 핏물이 씻겨 내려갔다. 굴곡진 웅덩이마다 붉은 핏물이 고였다.

내리는 비에도 타오르는 불길은 좀처럼 꺼질 기미가 보이지 않았다.

"……허!"

산 위에서 이 모든 광경을 지켜보고 있던 도왕 팽호세의 두 눈은 우중충한 하늘만큼이나 어둡게 가라앉아 있었다.

"황태자가 눈먼 칼을 쓰는구나!"

하북팽가는 지금에 황도를 두고 있다. 황실의 동향에 촉각을 곤두세우는 것은 어쩌면 당연한 일이다.

때문에 알았다. 변방의 대군 중 일부가 빠져나와 황궁에 입궁했다.

사파의 주인으로 거듭난 이현과 황실의 최고 권력자로 부상한 황태자가 대립하고 있는 상황이다.

시기가 시기인 만큼 불안하지 않을 수는 없었다.

그래도 설마설마했다.

황태자와 이현.

두 사람의 싸움에 팽가가 휩쓸리진 않을 것이라 속으로 몇 번이나 되뇌었다.

이현은 사파의 주인이니까. 그러니 그와 대립하는 황태자의 칼도 사파를 향할 테지.

하지만 그런 예상은 보기 좋게 빗나갔다.

황태자의 칼은 정사마를 가리지 않았다. 당장 황태자가 불러온 북방의 대군이 가장 먼저 공격한 대상이 호협도왕의 가문인 하북팽가였음을 보아도 알 수 있는 일이다.

혹시나 하는 심정으로 미리 대비를 하지 않았더라면, 불타오르는 건 팽가의 전각이 아닌 식솔들이 되었을 것이다.

다른 곳이라고 사정이 다르진 않다.

지금 황도에 자리 잡은, 그리고 황도에 가까운 곳에 위치한 수많은 무림방파가 황실의 공격을 받고 있다.

황태자가 무림을 향해 휘두르는 무차별한 칼날에 여기저기서 핏물이 흐르고 비명이 울린다.

"……허헛! 어디로 가야 할까."

팽호세는 눈앞에 들이닥친 막막한 현실에 헛웃음을 흘렸다.

만약의 사태를 대비해 미리 준비한 덕에 식솔들은 모두 안전할 수 있었지만, 문제는 그다음부터다.

더는 하북에 머무를 수 없다. 오랜 세월 벼려온 팽가의 전각이 불탄 마당이고, 그 불타는 전각 아래 가문 대대로 내려온 비급도 재로 화하고 있다.

다시 돌아갈 곳도, 갈 수도 없다. 불타 버린 가문의 옛 터로 돌아간다 한들, 황태자가 가만히 있지 않을 테니까.

그러니 떠나야 한다.

하지만 어디로 가겠는가.

황태자의 대군은 황도를 중심으로 사방팔방 뻗어 나가고

있다. 그 발길에 마주치는 무림방파는 모두 그들의 표적이 되어 사냥당하고 짓밟힘 당한다.

어디에도 안전한 곳은 없다.

본격적으로 칼을 뽑아 든 황실의 칼을 그만큼 크고 매서웠다.

그럼에도 지켜야 한다.

"할아버님······!"

팽가의 가장 큰 어른이기에, 팽가에 가장 강한 칼이기에.

이 환란 속에서도 어떻게든 가문을 지키고, 식솔들을 지켜야만 했다.

그것이 그의 의무다.

식솔들 모두 오로지 그만 바라보고 있었다.

"할아버님······!"

거듭되는 장손의 청함에 팽호세는 마음을 수습했다. 두 눈에 깊고 어둡게 가라앉아 있던 기운도 거두어 냈다.

"아직 귀 안 먹었다 이놈아! 표정 풀거라! 살 길이 구만 리인 놈이 왜 다 죽어 가는 얼굴이더냐!"

불안과 참담함에 착잡하게 가라앉은 장손의 어깨를 힘껏 두드리는 팽호세의 목소리는 밝고 활기찼다. 그리고 힘이 있었다.

"별것 아니다! 불타 버린 비급이야 다시 복구하면 그만이다! 그간 우리 팽가는 이런 날을 대비해 비동에 진본을 모아 두지 않았더냐! 불탄 것들은 다 사본이야! 까짓 얼마든지 찍어 낼 수 있는 것들이다! 전각이야 다시 세우면 그만인 것이고!"

별일이다. 그러나 별일이 아닌 것처럼 이야기했다.

"살다 보면 이런 일 저런 일 다 있는 법이다. 어찌 세상을 평탄하게만 살아갈 수 있을까! 이 또한 좋은 경험이라 여기어라."

"할아버님!"

"목소리 높이는 게냐? 지금!"

답답함을 이기지 못한 장손이 언성을 높였으나, 되려 팽호세가 더 큰 목소리로 눈을 부라리며 그를 찍어 눌렀다.

'억울하겠지. 불안하겠지. 어찌 걱정이 없겠느냐.'

장손이 무엇을 이야기하고 싶어 하는지 팽호세도 모르지 않다.

그러나 이야기해서는 안 된다.

'우리는 앞으로 어떻게 되는지.', '살 수는 있는 건지.' 그런 건 지금 이야기할 수 있는 것들이 아니다.

하등 도움이 되지 않는다. 오히려 방해만 될 뿐이다.

식솔들의 불안을 가중시키고, 절망을 더할 뿐이다. 스스로를 더욱 비참하고 무기력하게 만드는 말이다.

그래서는 안 된다.

"웃어라! 모두들 웃어라! 저들의 창칼은 우리를 해하지 못하였다. 화마가 휩쓴 건 고작 종이쪼가리와 전각들뿐이다. 그러니 마음껏 비웃거라!"

풍진강호 속에서 살아남은 팽호세는 알고 있었다.

어려움을 어려움이라 이야기하고, 난관을 난관이라 이야기하면 안 된다.

오히려 어려움을 쉬움이라 이야기하고, 난관을 관문이라 이야기해야 한다.

그래야만 살아남을 수 있다.

무공의 나약함만이 나약함이 아니다. 마음의 나약함 또한 나약함이다. 아니, 오히려 마음의 나약함이 때로는 더 무서운 칼이 되어 돌아오는 법이다.

"가자!"

팽호세가 말했다.

"……어디로 간단 말씀이십니까!"

그의 손주가 소리쳐 반문했다.

황태자의 군대는 동서남북 사방팔방으로 뻗어 나가고 있다. 하다못해 정파 무림의 구심점이 되고, 방패가 되어야 할 무림맹은 사라져 버린 지 오래다.

어디로 간들 후일을 도모할 수 있을까.

지금 장손은 그 말을 하고 싶은 것이리라.

그럼에도 팽호세는 웃었다.

"하하하! 강호란 본디 은원이 거미줄처럼 엮여 있는 곳. 누군가 내게 칼을 날렸으면, 나 또한 그에게 칼을 날려야 하는 곳이 무림이지 않는가. 황태자가 우리 집을 빼앗아 갔으니, 우리는 황태자의 집을 빼앗아야 하지 않겠느냐!"

팽호세는 복수를 이야기했다.

감히 싸우지 못해 겨우 각자의 몸뚱이 하나만 챙겨 도망쳐 나온 것이 고작인 상황에서도 팽호세의 언행은 거침이 없었다.

생각이 있었다.

그나마 이 전란 속에서 가장 안전할 수 있는 곳.

"가자꾸나!"

그나마 황태자를 향한 복수를 꿈꿔 볼 수 있는 곳.

"남쪽으로!"

그곳은 남쪽에 있었다.

*　　　*　　　*

팽가는 중원 정파에서 손꼽히는 세가였다. 아니, 무림맹이 무너지고 사파가 무림의 패권을 잡은 뒤에는 사실상 정파에서 가장 손꼽히는 무림세가다.

그런 팽가조차 황태자의 대군에 감히 맞서지 못하고 목숨을 부지하는 것이 고작이었다.

팽가마저 그럴진대.

다른 무림방파가 황태자의 대군에 맞설 수 있을 리 없었다.

하루에도 수십의 무림방파가 불타올랐다. 그보다 많은 수가 죽었고, 그중 운 좋은 몇몇은 목숨이나마 겨우 부지한 수준이었다.

무림의 힘과 황실의 힘의 격차가 어느 정도인지는 이제 명백하게 드러났다.

개개인의 힘과 경험은 무림인이 앞설지 모른다. 하지만, 이 전쟁에 가까운 상황에서 황실의 힘은 압도적이다.

집단의 전투에 능한 군대다. 집단의 전투를 위해 무기를 개발하고, 보완해 왔으며, 또 훈련하고 발전해 온 그들이다.

고작 몇 개의 방파가 그들과 맞서는 건 폭풍 치는 바다 위에서 거대한 파도 속에 버려진 조각배의 저항과 다를 바 없었다.

계란으로 바위치기다.

소수의 무림인들이 황실에 맞설 수 있는 유일한 방법은 무공의 우위를 앞세워 몰래 잠입해 지휘관을 베는 것이 고작이었다.

그마저도 겹겹이 쌓인 병사들의 호위를 뚫어야 가능한 일이었으니, 쉬운 일이라 할 수는 없다.

그럼에도 살아남을 사람은 살아남았고, 살아남은 사람들은 그들끼리 뭉쳐 삶을 도모해야 했다.

그러기 위해 선택해야 했다.

무림을 향한 황실의 전쟁이다.

그 표적이 된 그들이 전쟁터 한가운데에서 살아남길 바라는 건 욕심이었다. 살아남은 행운은 한 번이면 족했다.

그러니 안전한 곳으로 피신해야 한다. 그마저도 성공을 장담할 수 없지만, 이는 선택의 여지조차 없는 일이었다.

진정한 선택은 어디로 피신하느냐다.

무림. 안으로 향하는 칼이다.

그러니 국경 밖은 안전하다. 아니, 그나마 살 가망이 높은 곳이다. 그러나 그곳은 중원에 머물러 있던 대개의 무림방파에 있어서는 미지의 영역과 다를 바 없었다.

그곳에는 오랑캐들이 있고, 도적들이 들끓는다. 척박한 대지에서는 당장 하루를 날 식량조차 보장할 수 없다.

그리고 또 한 곳.

강남.

직접적으로 황실과 대립각을 세운 사도련과 사파.

결과적으로 황실의 칼이 닿을 곳이다. 하지만, 아직은 그칼이 직접적으로 닿지는 못한 곳이기도 했다. 또한, 그곳은 비옥하다. 척박하고 불확실함이 가득한 국경 밖의 환경보다는 낫다. 적어도 하루하루 그날의 식량을 걱정할 필요는 없으니까.

선택지는 그 두 가지다.

국경 밖으로 북상할 것인지, 아니면 강남으로 남하할 것인지.

대개의 사파 문파는 후자를 택했다. 그들로서는 같은 사파 무리가 강남에 있으니 그나마 선택이 쉬웠다.

남은 건 정파의 생존자들이다. 그들은 나뉘었다. 몇몇은 북쪽을 택했다. 그러나 대부분은 오랜 갈등 끝에 남쪽을 택했다.

그들 또한 무림인이었으니까.

하루에도 수많은 은원이 생겨나고, 그 은원으로 굴러가는 무림이다.

그런 무림의 일원으로 나고 자라 온 그들은 자신들의 오랜 터전과 동료, 가족들을 앗아간 황실에 갚아야 할 빚이 있었다.

하나둘.

살아남은 무림인들의 이동이 시작되었다.

소수에서 시작되었다. 그러나 그 살아남은 소수가 또 다른 소수와 모이고, 다시 소수가 더해졌을 땐 더 이상 소수가 아니다.

다수다.

정사를 막론한. 아니, 그나마 아직 희미하게나마 명맥을 유지했던 극소수의 마도까지.

무림 역사상 처음으로 정사마가 하나가 되어 강남을 향해 집결하고 있었다.

그리고.

그렇게 강남을 향한 무림의 대이동이 끝을 보일 때쯤.

황도에서 시작된 황태자의 대군 또한 장강을 향해 진격을 시작하고 있었다.

*   *   *

황태자의 무림을 향한 무분별한 공격.

그런 황태자의 행보는 그와 맞서는 사도련의 입장에서는 예정된 위기이자, 예상치 못한 기회가 되어 찾아왔다.

무림의 대이동이 시작되면서부터 일방적이었던 머릿수 싸움을 삼분지 일까지 따라갈 수 있었다. 말이 삼분지 일이지 황태자가 국경을 지키던 대군을 동원하지 않았더라면 그 차이는 절반 가까이 줄어든다. 물론, 달리 이야기하면 아직 변경에 남아 국경을 지키는 나머지 대군이 몰려온다면 삼분지 일의 차이는 또 압도적으로 벌어질 것이다.

어찌 되었든.

부족한 머릿수 차이는 어느 정도 따라갔다.

하지만.

반대로 한 번에 늘어난 머릿수만큼. 예상치 못한 상황에서 찾아온 기회만큼.

사도련 내에는 여러 문제들이 산적해 있었다.

당장 사파와 정파. 그리고 간신히 명맥만 유지하고 있는 마도. 이 세 파벌 간에 벌어지는 마찰이 그 대표적인 예다.

무림이 생겨나고 정사마의 분류가 생겨난 이래 항상 반목하고 경쟁하던 사이다. 비록 현재는 황실이라는 거대한 적에 맞서기 위해 하나로 뭉쳐졌으나, 오랜 세월 이어진 피의 역사와 원한은 어디로 가는 것이 아니다.

비록 당장 그 문제가 표면적으로 드러나지는 않았으나, 서로 간의 갈등과 기 싸움은 수면 아래에서 은근히 계속되고 있었다. 아니, 점점 더 심화되어 언제고 수면 위로 삐죽 튀어 나올 날이 그리 멀지 않았음을 예고하고 있었다.

이럴 때는 조그마한 계기 하나가 내분의 기폭제가 될 것이 분명했다.

"젠장! 금방 갔다가 온다더니!"

"이 마적놈이? 지금 우리 련주님 욕하는 것이냐!"

착실히 전쟁을 준비하던 사도련이 졸지에 언제 터질지 모르는 화약고가 되었다.

전쟁을 준비하는 당사자인 옥분은 속에서 천불이 나는 상황이다.

도움이 될 것임을 알기에 정사마를 가리지 않고 합류하는 무인들을 받아들였던 그지만, 머리를 쓰고 계획을 짜야 하는 입장에서는 작금의 이런 돌발적 사태가 반갑지만은 않았다.

아니, 이런 예기치 못한 변수는 머리 쓰는 이들에게 있어서는 가장 원치 않은 상황이었다.

그러니 옥분이야 자신을 이런 고통에 밀어 넣은 주범을 욕하는 것 말고는 당장 이 치미는 울화통을 견딜 수가 없었다.

물론, 어차피 줄곧 욕하고 있는 황태자를 욕해 봐야 소용이 없다.

오히려 더욱 근본적인 이유.

신강에서 멀쩡히 마적대 적조의 대장으로 잘 살고 있던 그를 지금 이 사도련에 처박아 버린 원흉인 이현을 욕하는 편이 속은 후련했다.

그걸 정만이 그냥 못 들은 척 넘어갈 리 없었다.

이현의 충실한 수하를 자처하는 정만이니 만큼 대번에 눈을 부릅뜨고 으름장을 놓는다.

"그러면? 금방 갔다가 오시겠다는 분이 일이 이렇게 될 때까지 연통 하나 없는데. 아이고 잘하셨습니다! 하고 있어야 한단 말입니까?"

물론, 그런 정만의 으름장에 겁먹을 옥분이 아니었지만.

"이 겁대가리 상실한 마적 놈이 죽으려고!"

옥분의 빈정거림에 정만이 또다시 버럭 화를 냈다.

그러나 그것도 이번까지다.

"아니면? 그쪽이 직접 선봉에 서서 황태자랑 싸우시기라도 하시렵니까? 왜요? 하신다면 제가 직접 편성해 드리겠습니다!"

"……련주님도 안 오셨는데 내가 어떻게 감히……!"

날카로운 옥분의 지적에 정만이 꼬리를 말았다.

아무리 이현을 향한 충성심만큼은 천하제일이라 주장하는 정만이었지만, 이현도 없이 홀로 황태자의 대군에 맞서는 건 두려운 일이었다.

아닌 말로 개죽음이다.

갑작스럽게 늘어난 인원으로 아직 제대로 된 편성과 훈련도 이루어지지 않은 상황이다.

그런 상황에서 전투를 시작해서는 죽도 밥도 되질 않는다.

그렇게 모처럼만에 옥분이 정만의 기를 죽여 놓았을 때다.

벌컥!

문을 열고 누군가 걸어 들어왔다.

오랜 세월에 저절로 굽은 등 때문에 가뜩이나 작은 체격이 더욱 왜소해 보인다.

"어떻게 되었는가."

"아! 총군사님!"

호설귀다.

전임 사도련주가 사도련을 떠난 뒤에도 그의 부탁으로 아직 사도련에 남아 총군사의 직위를 유지하고 있는 사내. 아니, 노인.

전임 사도련주가 련주 자리에 오를 때부터 시작해 오늘날까지 사도련을 지켜 온 그의 지재는 아무리 이현의 총애를 받는 옥분이라도 인정해 주어야 했다.

아니, 실제로 이현의 총애와 상관없이 옥분은 호설귀를 인정하고 있었다.

무공은 몰라도 머리 쓰는 일에서 만큼은 호설귀가 훨씬 뛰어난 것이 사실이었으니까.

또한, 이현과 정만을 비롯해 단순 무식한 인간들만 주위에 가득한 옥분에게는 유일하게 말이 통하는 상대이기도 했다.

"시국이 시국이니 인사는 되었네. 어떻게 되었는가? 련주님께서는? 아직 아무런 소식도 없으신 겐가?"

"……그, 그게……."

호설귀의 물음에 옥분은 난처한 웃음을 지었다.

그 웃음이 뜻하는 바가 무엇인지 모를 호설귀가 아니다.

"큰일이구만. 련주님 없이 전쟁을 벌인다는 건 불가능해."

"왜 아니겠습니까."

호설귀가 깊은 탄식과 함께 고개를 절레절레 저었다. 옥분 또한 거기에 동조했다.

그러나 단 한 사람.

"불가능할 건 또 뭡니까? 어차피 싸움은 우리쪽이 더 잘하지 않습니까! 그냥 작정하고 밤에 기습 한 번만 제대로 하면 피는 좀 보겠지만……."

아직 정신 못 차린 정만은 예외였다.

본인은 이현 없는 싸움의 선봉에 서는 걸 원치 않으면서도, 못할 것은 없단다. 한마디로 정만 본인이 아닌 다른 이들을 무더기로 몰아넣겠다는 것이다.

전형적인 사파인들의 극에 달한 이기심이다.

좋은 말로는 패기가 넘친다고 할 수 있고, 솔직한 말로는 그냥 무식하고 이기적인 거다.

그 무식한 말을 그대로 내버려 둘 옥분이 아니다.

대번에 목소리를 높이려 했다. 하지만 그보다 호설귀가 더 빨랐다.

차분한 목소리로.

"그렇지. 개개인의 실력으로 따지면 어찌 황태자의 군대가 무림인의 상대가 되겠는가. 태어나 죽을 때까지 무공을 수행하는 것으로 평생을 보내는 이들이 우리 무림의 사람들인 것을⋯⋯."

그러나 날카롭게.

"허나, 그런 무림인들이 황태자의 군대를 피해 이 사도련에 모였네. 무림의 전쟁과 황실의 전쟁은 그 규모 자체가 다른 탓이야. 황태자의 병사들과 그들이 쓰는 무기와 병법, 전술 모두 그런 규모의 전쟁에 특화되어 있지."

현실을 이야기했다.

"쉽게 이야기해서 무림의 전쟁과는 머릿수 단위 자체가 다르단 말입니다! 이 무식한 산적 놈아!"

혹여나 못 알아들은 것은 아닐까 옥분이 현 상황을 정리해 주었다.

전공이 다르다.

소수와 소수의 싸움에 익숙하고 또 거기에 특화된 무림인과, 다수와 다수의 싸움에 특화된 군대의 차이는 거기에 있었다.

"⋯⋯하나가 싸우나⋯⋯ 열이 싸우나⋯⋯."

그럼에도 정만은 쉽게 수긍하지 못하는 눈치였다.

"그것만이 문제가 아닙니다."

그런 정만의 반응에 옥분이 치밀어 오르는 화를 다시 한 번

꾹 참고 설명을 시작했다.

문제는 단순히 관과 무림의 전공 분야 차이만이 아니다.

겨우 그런 이유였다면 애초에 이현은 필요하지도 않았다.
오히려 다수와 다수의 싸움에 맞춰 조직을 재편성하고, 훈련
에 들어가면 그만이다.

"당장 얼굴만 마주치면 으르렁거리는 것들이 태반입니다.
그네들을 무작정 밀어 넣어 서로 등을 맞대고 전쟁을 치르라
고 한다면 누가 하겠습니까! 그쪽은 할 수 있겠습니까? 언제
등 뒤에서 칼 꽂힐지 모르는데?"

"……그, 그거야 뭐 팔자려니……."

"그래서 련주님이 필요하다는 겁니다. 조직 편성이고, 훈련
이고 확실한 구심점이 되어 줄 사람이 필요하니까요!"

"……아!"

이제야 정만이 납득한 얼굴이다.

옥분과 호설귀가 이현을 애타게 기다리고 있는 이유가 그
것이다.

도처에서 불만이 폭주한다. 불신이 팽배하고, 와중에 파벌
을 이루어 서로 대립한다.

그런 이들을 이끌고 전쟁을 한다는 건 사실상 불가능에 가
깝다.

그야말로 오합지졸의 표본이었으니까.

그러나 이 모든 것을 바꿀 수 있는 존재가 있다.

구심점.

서로 다른 가치관을 가지고, 서로 다른 목적과 감정을 지닌 이들을 하나로 묶을 수 있는 절대적인 존재.

그런 존재가 이현이다.

물론, 옥분이 예상하기로 이현은 그저 단순하고 무식하게 힘으로 찍어 누르고 그들 개개인의 원한 관계와 감정을 묵살시키는 것으로 오합지졸이나 다름없는 무림인들을 하나로 묶을 테지만.

당장은 그런 역할이라도 해 줄 사람이 필요했다.

아니, 오히려 무림이기에 그런 이현의 압도적인 힘이야말로 가장 강렬한 정의이기도 했다.

적어도 당장 황태자와의 전쟁에서는 불만도 불평도 꺼내 놓지 못할 테니까.

조직을 재편성하고 훈련하는 건 그다음에야 가능한 일이었다.

그 사이.

"그나마 수로채는 무사히 대피했다더구만."

겨우 화를 진정시키는 옥분의 어깨를 두드리며 호설귀가 조용히 이야기했다.

불안만 쌓여 가는 와중에, 그나마 안도할 수 있는 소식이었다.

장강을 터전으로 살아가던 수로채가 무사히 장강을 벗어 났다. 지금쯤 해양에서 채비를 하고 있을 것이다.

황태자의 대군은 장강을 향해 다가오고 있는 상황이다. 만약 수로채가 장강에 남아 있다가는 손도 쓰지 못하고 대군에 휩쓸려 버린다.

그래서는 안 된다.

그들은 전력을 보전한 채 장강을 넘으려는 황태자의 군대를 끊임없이 견제하고 괴롭혀야 한다.

수로채의 안전을 확보하는 것이야말로, 황태자 대군의 남하를 지연시킬 수 있는 유일한 방법이었다.

"젠장할!"

해적들은 수로채와 함께 바다에서 준비를 마치고 있다. 생각보다 많은 머릿수까지 채워졌다.

그럼에도 옥분의 입에서는 좀처럼 나오지 않던 욕설이 쉼 없이 튀어 나왔다.

준비는 끝났다.

"젠장! 대체 이 인간은 언제 오는 건지!"

그러나 그 준비도 이현이 존재하지 않는다면 아무런 소용 없는 헛짓에 불과했다.

무림을 충격에 빠트리고, 옥분을 조급증에 빠진 욕쟁이로 만들어 버린 황태자는.

황실에 남아 있었다.

그의 대군은 이제 장강을 향해 나아가고 있었지만, 그건 황태자와는 전혀 상관없는 일이었다.

아니, 황태자가 황실에 남아 있는 것이야말로 전쟁에서 승리를 취할 수 있는 최상의 방책이기도 했다.

개개인의 무위가 뛰어난 무림인들이다.

그들이 작정하고 황태자를 향해 뛰어든다면 그도 제법 곤란할 수밖에 없다. 황태자가 볼모로 사로잡히거나 죽기라도 한다면 전쟁은 제대로 된 싸움 한번 해 보지 못하고 끝나 버린다.

황태자는 그가 가진 대군의 약점을 너무나 잘 알고 있었다.

그 또한 무공을 익히고 있었으니까.

무공을 익힌 이들이 지금의 상황에서 가장 먼저 머릿속에 떠올리는 게 무엇인지 너무나 잘 알고 있었다.

"회의."

"……예."

그런 황태자의 곁을 회의가 지켰다.

황태자는 자신의 부름에 응하는 회의를 보며 웃었다.

"이번에는 토를 달지 않는군?"

"……."

정사마를 가리지 않고 무림과의 전쟁을 시작했다. 상식적으로 생각하면 이는 그다지 효율적인 방식이 아니다. 오히려 정도 무림과 손을 잡고 사도련을 무릎 꿇린 이후 정도 무림까지 처리하는 편이 더욱 효율적이었다.

그럼에도 황태자는 그러지 않았다.

그리고 회의는 이를 지적하지 않았다.

예정보다 빠르게 황제를 밀어내었던 지난 거사에서 그 조급함을 지적했던 회의의 모습을 떠올린다면 어울리지 않는다.

피식!

황태자가 웃었다.

"짐이 왜 그런 것 같으냐?"

그리고 질문했다.

그 물음에.

"……황제의 언은 곧 하늘의 언과 같기 때문입니다."

회의가 답했다.

"재미없군!"

더불어 황태자의 얼굴에 드리워졌던 웃음이 지워졌다.

회의의 말대로다.

정도 무림과 손을 잡는다는 것은 곧.

황태자 스스로 그들에게 자신이 공격할 대상은 이현이 이끄는 사파이며, 정도 문파를 공격하지 않을 것임을 확실히 약속하는 것이나 마찬가지다.

그것이 싫었다.

지킬 생각 없는 약속을 하는 것이 싫었고, 그 지켜지지 않는 약속 때문에 황실의 권위가 무너지는 것도 싫었다.

그리고.

"재미있지 않느냐. 지금껏 황실의 무서움을 알지 못하고 살아가던 이들에게, 그들 스스로 얼마나 초라한 존재였는지 보여 주는 것도."

확실히 각인시켜 줄 생각이었다.

무림이 아무리 흥한다 한들. 아무리 드높은 무위를 가진 무인이 나타난다 한들.

결국 그들이 사는 세상은 황실이 만들어 준 놀이터에 지나지 않음을 확실하게 각인시키고 보여 줄 생각이었다.

"뭐, 어차피 사라질 무림이겠지만."

지금의 무림이 사라지고 난 뒤. 다시는 무림이란 세상이 나타날 수 없게.

그렇게 할 심산이었다.

그러자면 무림 또한 전력이어야 한다.

그래야만 확실하게 황실과 무림의 격차를 각인시킬 수가 있다.

"……."

회의는 말이 없었다.

그저 입을 다문 채 무심한 눈으로 황태자를 응시할 뿐이었다.

황태자가 물었다.

"도착은? 언제쯤이지?"

"……나흘 후입니다."

"도강 준비는?"

"끝났습니다."

회의의 대답에 황태자는 고개를 끄덕였다.

"좋아. 석 달 이내 무림을 중원에서 지운다."

황태자의 입가에 만족스러운 미소가 머물렀다.

第九章

저잣거리 같다.

"언제까지 이대로 있으란 이야기요!"

"굴러들어 온 돌 주제에 무슨 말이 이렇게 많습니까!"

"뭣이오? 지금 그것이 함께 황태자에게 맞설 동지에게 할 말이오?"

"흥! 염치없는 것은 정파 놈들의 특징인가? 제 한 몸 살겠다고 가문도 버리고 기어 들어온 주제에 동지? 웃기지도 않는구만!"

"하! 따지고 보면 이게 다 정파 놈들 때문이지. 이게다 멀쩡한 마교를 무너트린 정파 놈들의 짓 때문에 생긴 것 아니겠나!

마교가 건재했어 봐! 그럼 황태자가 감히 무림을 상대로 전쟁을 할 생각이나 했을까!"

파죽지세로 밀고 내려오는 황태자군의 남하에 정사 간의 자중지란까지. 그것도 모자란지 얼마 남지도 않은 마도의 무리들은 잊을 만하면 비수를 찔러 대며 복장을 뒤집는다.

옥분은 머리가 아플 지경이었다.

벌써 이 꼴만 몇 번을 봤는지 모른다. 물과 기름처럼 섞일 수 없는 무림의 세 집단이 한데 모였으니 그 소란이야 오죽하겠는가.

더구나 중심이 되어 주도권을 잡고 상황을 이끌어가야 할 사파인들 또한 불만이 가득한 상황이었다.

그도 그럴 것이 정도와 마도가 한데 모였다. 근거지를 빼앗긴 채 사파의 영역으로 들어왔으니 그들이 먹고 자는 모든 비용이 사파와 사도련에서 지출될 수밖에 없다.

소금 밀매로 벌었던 막대한 이득은 예상치 못한 곳에 쓰이고 있는 실정이다.

그러니 불만이 생길 수밖에.

더구나 내 돈 들여 삼시 세끼 꼬박꼬박 챙겨 먹이는 대상이, 한땐 피 터지도록 싸웠던 원수지간이었다면 더더욱.

"뭐요? 뚫린 입이라고 그렇게 막 함부로 이야기해도 되는 거요?"

"못할 건 또 뭡니까? 아니면 그간 먹은 것들 다 뱉어 내시던가!"

이젠 멱살을 잡고 으르렁거리기까지 한다.

그나마 진심으로 싸울 생각은 아닌지 칼을 뽑아 들지 않은 것이 다행이다. 그러나 그것도 언제까지일지 장담할 수 없다.

여기서 더 전황이 불리해진다면.

그땐 언제고 폭발하고 말 것이다.

그렇게 되면 황태자와 제대로 된 전쟁을 해 보기도 전에 끝나고 만다.

"……오늘 회의는……!"

한참 돌아가는 꼴을 지켜보던 옥분이 힘겹게 입을 열었다.

머리가 지끈거린다.

"오늘 회의는 이쯤에서 마치는 것이 어떻겠습니까?"

아직은 그의 말이 통한다.

아직은 말이다.

*   *   *

옥분은 알고 있었다.

이대로 이현이 돌아오지 않고 상황이 악화된다면 그의 말은 더 이상 통하지 않을 것임을.

그때가 언젠가가 될지는 모르지만 반드시 올 것임을 알고 있었다.

이현이 자리를 비우는 동안 그를 대리하는 것이 현재 옥분이 맡은 일이었으니까.

하지만.

그 언젠가가 이렇게 빨리 닥칠 줄은 옥분도 알지 못했다.

"하하하하! 미안하네. 아무런 도움도 되질 못해서."

"허허! 그러게 말입니다."

이현을 대리하는 직권으로 난장판이나 다름없던 회의를 끝마친 옥분은 도왕 팽호세, 그리고 청성진인과 함께 자리를 가졌다.

별다른 의미나 목적이 있어서 마련한 자리가 아니다.

그저 두 사람이 먼저 만남을 청했기에 가진 자리일 뿐이었다.

그리고 그 자리에서 두 사람은 사과했다.

천하십대고수 중 한 사람이자, 정파에서 손꼽히는 세가 중하나인 팽가. 그리고 이현의 사문이었고, 정파 무림의 명문대파였던 무당파.

두 사람이 속한 곳이 그곳이었으니까.

원래대로라면 지금 사도련 내에서 일어나고 있는 정사마의 갈등을 중재하는 한 축이 되어 주었어야 할 두 사람이었다.

하지만 그러기에는 현실이 만만치 않았다.

비록 정파를 위해서였다지만 팽호세는 이현과 손을 잡았었고, 맹주의 비리를 만천하에 공개하고 이를 증명해 준 증인이었다.

지금은 사도련주가 되어 버린 이현의 사문이었던 무당파는 두말할 나위가 없다.

정파의 입장에서 둘은 배신자다.

그런 두 사람의 목소리가 사도련에 머무는 정파인들에게 제대로 전달될 리 없다. 아니, 알게 모르게 배척되고 있는 상황이다.

그래서 사과하는 것이다.

도움이 되질 못했으니까.

"아닙니다. 어쩔 수 없는 일이지요. 그래도 이렇게 힘을 실어 주시니 감사할 따름입니다."

물론, 그런 사정을 모를 리 없는 옥분이 그 두 사람에게 불평을 가질 일은 없었다.

"그리 말해 주니 감사합니다."

그런 옥분의 대답에 청성진인이 웃으며 고개를 끄덕였다.

분위기가 좋았다.

정사마의 갈등 속에 머리가 지끈거리던 옥분의 마음도 누그러질 정도였으니까.

하지만 거기까지였다.

벌컥!

거칠게 문이 열렸다.

"큰일 났네!"

문을 열고 들어온 이는 호설귀였다.

팽호세와 청성진인이 있는 자리임에도 불구하고 호설귀는 다급한 목소리를 감추지 못했다. 아니, 그들을 신경 쓸 겨를이 없었다고 하는 편이 맞을지도 몰랐다.

"무슨 일이십니까?"

옥분이 물었고.

"황태자군이 도강을 시작했다는구만!"

호설귀가 답했다.

"……흠!"

동시에 옥분의 낯빛이 딱딱하게 굳어 버렸다.

도강을 시작했다는 것은 곧 황태자군이 장강을 이미 장악했다는 이야기가 된다.

"……너무 빠르군요."

황태자군이 도강에 성공하려면 아무리 빨라도 보름의 시간은 소요될 것이라고 예상했었다. 헌데, 현실은 달랐다.

황태자군의 병력이 장강에 도착한 지 얼마나 되었다고 벌써 도강을 한단 말인가.

"수로채는요? 수로채는 어떻게 되었습니까!"

옥분의 목소리에도 다급함이 어리기 시작했다.

애초에 장강의 수로채를 해양으로 뺀 것은 황태자군의 도강을 견제하기 위해서였다. 최대한 황태자군의 도강을 늦추기 위해서는 수로채의 전력 또한 보전해 두고 있는 것이 유리하기 때문이다.

견제만 적절히 이루어진다면 황태자군은 쉽사리 장강을 넘지 못한다. 최대한 두 달의 시간은 벌어 볼 수 있으리라 생각했다.

그런데 그런 계책도 모두 쓸모없게 되었다.

'어쩌면 수로채가 배신을?'

순간 옥분의 머릿속으로 불길한 생각이 스쳤다.

수로채는 수적왕이 죽은 뒤에도 손쉽게 장악할 수 있었다. 이현이 수적 토벌을 했던 과거의 일이 있었으니까.

그래서 크게 배신을 염두에 두지 않았던 것도 사실이다.

하지만, 어쩌면 그것이 실책이었는지도 모른다.

"수로채는 건재하네."

그러나 그런 불길한 생각은 기우에 불과했음을 호설귀가 확인시켜 주었다.

옥분의 얼굴에 의문이 떠올랐다.

"그렇다면 어떻게? 아니! 그것보다 어서 수로채에 전하시지요. 어떻게든 황태자군의 도강을 견제하라고!"

다급한 옥분의 요구에 호설귀는 고개를 저었다.

"불가능한 일일세."

입술을 꽉 다문 그의 얼굴에는 낭패한 기색이 역력했다.

"어째서요! 어째서 불가능하다는 말씀이십니까!"

더불어 옥분의 목소리와 그의 얼굴에 깃든 의문이 더욱 짙어졌다.

호설귀가 답했다.

"황태자가 수군과 해군을 총동원했네."

수군 정도라면 할 만하다. 비록 피해는 있겠지만 견제가 불가능한 것은 아니다.

하지만 해군까지 동원되었다면 이야기는 달라진다.

애초에 투입되는 군비가 다르고, 사용되는 배의 크기가 다르다.

"해군이 장강 입구를 틀어막아 버렸네. 수적들로는 장강에 진입하는 것조차 불가능한 일일세."

강력한 화포와 큰 함선으로 무장한 해군이다. 쾌속선 위주, 그것도 백병전 위주의 전술을 구사하는 수적으로는 접근조차 쉽지 않다.

큰 희생이 필요하다. 아니, 설혹 그 큰 희생을 감수하고 장강에 진입한다고 한들, 그다음에는 수군을 상대로 한 싸움이

기다리고 있다.

이는 불가능에 가깝다.

속수무책이다.

눈앞에서 대군이 밀고 들어오는 데 할 수 있는 건 아무것도 없다.

설마 황태자가 이렇게까지 전력을 동원할 것이라고는 예상하지 못한 옥분의 패착이었다.

그리고 그건 곧.

"최대한 이 사실을 숨겨야 합니다! 그렇지 않으면 우리는 황태자군과 싸워 보기도 전에 자멸하고 말 것입니다!"

더 이상 이현의 대리라는 옥분의 역할도 의미 없어졌음을 뜻했다.

당장 적이 장강이라는 최후의 방어선을 넘어 버린 순간 더 이상 사도련에 속한 무인들에게 옥분의 말은 통하지 않을 것이 분명했으니까.

최후의 중재자조차 사라져 버리는 것이다.

그럼 사도련에 남은 것은 구심점은 없이 눈앞에 큰 적을 둔. 그리고 서로를 향해 으르렁거리기 바쁜 정사마의 무인들뿐이다.

그 결과가 무엇인지 안 봐도 뻔했다.

서로의 책임을 꼬집으며 물고 뜯기 바쁠 것이다. 황태자군에 맞서 싸워야 한다는 데는 동의하면서도 그 주도권을 자신들이 갖기 위해 신경전을 벌일 것이다.

그러면.

그동안 황태자군은 아무런 방해도 없이 사도련으로 진격한다.

전멸(全滅).

옥분은 최악을 머릿속에 그리고 있었다.

그리고 이 순간.

옥분은 억울했다.

"어쩌다가 팔자에도 없는……!"

신강에 잘 있었다. 신강 오대 마적단 중 하나인 적조의 대장으로 너무나 잘 있었다. 비록 마교와의 마찰이 있었지만, 그 또한 지나갈 일이었다.

그런데 지금 옥분은 팔자에도 없는 황태자와의 전쟁을 치르는 중이다. 아니, 전쟁은 고사하고 사도련 내의 내분에 휩쓸려 골머리만 앓고 있다.

이것이 다 이현 때문이다.

멀쩡히 잘 살고 있는 옥분을 여기까지 끌고 온 장본인.

사도련은 내분으로 개판이 났는데도 금방 갔다가 온다고 하고는 연락도 없는 무책임한 인간.

그런 인간 때문에 팔자 망치게 생겼다.

"빌어먹을 사도련주! 빌어먹을 무당신마!"

그 억울한 마음을 한껏 담아 소리쳤다.

이 자리에 이현의 사문이었던 무당파 장문인인 청성진인도 있었지만, 그런 건 아무래도 상관없다고 여겼다.

그리고.

빠악!

뒤통수를 맞았다.

뒤통수에서 전해져 오는 통렬한 고통에 옥분의 고개가 푹 숙여졌다가 튕기듯 다시 제자리로 돌아왔다.

그런 옥분의 눈에 보였다.

"이 자식이! 나 없다고 뒷담화 까냐? 뒤질래?"

옥분의 모든 불행의 원흉이자, 금방 갔다가 온다고 해 놓고는 연락 한 번 없었던 무책임한 인간.

사도련주. 아니, 무당신마 이현이 두 눈을 부라리고 있었다.

*   *   *

이현이 돌아왔다.

"왜 이제 오셨습니까! 제가 얼마나 보고 싶었는지 아십니까?"

옥분은 그간의 마음고생은 다 잊었는지 님 만난 여인네처럼 이현에게 달라붙었고.

"이게 왜 이래? 안 떨어지냐? 죽고 싶어? 죽인다? 엉? 진짜 죽여? 아니, 진짜 죽일 수도 있다니까? 나 진짜 위험한 놈이야!"

이현은 그런 옥분을 떼어 내려고 안간힘을 썼다.

부들부들 떨리는 이현의 손은 이미 검을 향해 움직이고 있었다.

진짜로 죽인다.

순간 순간 이현의 두 눈에 살기가 어렸다가 사라지기를 반복했다.

그리고 다행히도.

"하하하하! 그만하는 게 어떻겠나? 주군을 생각하는 각별한 마음은 알겠네만 이 자리에서는 좀 삼가는 것이……."

그 살기를 읽은 도왕이 옥분을 뜯어말렸다.

도왕의 이마에 식은땀이 가득했다. 옥분이야 격한 감정 때문에 알아차리지 못했을지 몰라도 도왕은 확실히 느꼈다. 언뜻 언뜻 비친 이현의 살기는 진짜다.

'변한 것은 없는데…….'

옥분을 뜯어말린 도왕은 조심스러운 눈으로 이현을 살폈다.

분명 변한 것은 없다.

생긴 것도 말하는 것도 전부. 피부로 느껴지는 기운이 더욱 심유해진 것은 느껴지지만, 오히려 그 기운은 현기에 가깝다.

이현이 가진 내공심법 자체가 무당에서 나온 것이니 이는 당연하다.

그런데도.

도왕은 이현에게서 묘한 괴리감을 느끼고 있었다.

아니, 이현과 함께 이 자리에 있는 것 자체가 불편했다.

괜히 식은땀이 흐르고, 입 안이 마른다.

도왕으로서는 처음 경험해 보는 일이다. 아니, 경험해 본 적이 있긴 있다. 아주 오래전에. 도왕이 아주 어렸을 때.

처음 강호에 출도하여 악명 높은 살인귀와 마주했을 때.

그때 잠시 잠깐 느꼈던 적이 있었다.

그마저도 지금 이현에게서 느껴지는 것만큼 강렬하고 지속적이지 않았다.

굳이 비유를 하자면.

'포식자 앞에 선 사냥감 같구나!'

언제든 나를 죽일 수 있는 천적과 마주한 기분이었다.

그런 도왕의 시선 때문이었을까.

한참 옥분과 실랑이하던 이현의 시선이 도왕을 향했다.

꿀꺽.

이현과 마주친 시선에 절로 마른침이 목울대를 타고 넘어
갔다.

손안은 이미 땀으로 흥건했다.

그리고.

"여긴 웬일이십니까?"

이현이 물었다.

*　　　*　　　*

이현의 물음에 대한 설명은 옥분과 호설귀가 대신했다.

도왕은 도망치듯 자리를 떠났고, 청성진인도 말없이 한참
이현을 응시하다 도왕과 함께 자리를 비워 주었다.

그렇게 셋만 남은 방 안에서 설명을 모두 들은 이현은 고개
를 끄덕였다.

"그러니까 황태자가 생지랄을 떨어 댔다? 그래서 무림인들
이 다 여기로 모인 것이고?"

"예. 그것 때문에 난리도 아닙니다. 지금!"

대충 이해한 이현의 물음에 옥분이 고개를 끄덕이며 소리를
높였다.

정사마가 한 곳에 모였다. 중심을 잡고 확실한 구심점이 되
어 줄 사람이 필요하다. 그런데 그 중심이자 구심점이 자리를

비워 놓고는 깜깜무소식이었으니 옥분의 입장에서는 속이 타다 못해 새하얗게 재가 될 지경이었다.

그 설움과 마음고생을 목소리에 담았다.

그러나.

"좋네. 좋은 거 아니야? 쪽수도 늘어나고."

옥분이 겪고 감내해야 했을 마음고생을 헤아려 주기에 이현은 너무나 이기적인 인간이었다.

기본적으로 타인에 대한 배려와 이해가 부족한 인간이다 보니 그냥 눈앞에 보이는 것만 본다.

뭐, 틀린 말도 아니었고.

기본적으로 사도련이 황실을 상대로 전쟁을 벌일 때 가장 부족했던 것이 머릿수였으니까.

그 머릿수가 늘어난 건 환영할 만한 일이다. 물론, 그 늘어난 머릿수를 제대로 활용할 수 있을 때에나 가능한 일이었지만.

어찌 되었든.

중요한 건 그게 아니다.

이현이 자리를 비우는 동안 옥분이 얼마나 고생했는지 듣는 것도 중요한 건 아니다.

황태자군이 장강을 넘었다.

그렇다면 이제 당장 중요한 건 한 가지다.

"누구야?"

이현이 물었다.

"네?"

갑작스러운 물음에 옥분이 놀라 반문했지만, 이현은 짜증스럽게 눈살을 찌푸릴 뿐이었다.

"어떤 놈이냐고! 나 없는 동안 지랄 떨어 댄 놈이!"

정사마. 무림의 유구한 역사와 함께 그만한 세월을 서로 물고 뜯고 으르렁거리는 데 대부분의 시간을 허비한 사이들이다.

그러니 그들을 한데 모아 놓으면 이래저래 마찰이 생길 수밖에 없다.

은원으로 돌아가는 무림이란 생태계의 특성상 그건 어쩔 수 없는 일이다.

그건 이현도 충분히 알고 있다.

하지만 지금 급한 건 당장 밀려드는 황태자군이다.

오래된 은원은 나중에 풀면 된다.

당장 죽이겠다고 덤벼드는 놈부터 처리하는 것이 우선이어야 한다.

그런데 황태자군이 장강을 넘을 때까지 손도 쓰지 못하도록 만든 인간들.

사태 파악 제대로 하지 못하고 자기들끼리 물고 뜯고 할퀴기 바쁜 인간들.

일단 그놈들부터 정리해야 한다.

그렇지 않으면 이현이 돌아왔다고 한들, 황태자와 제대로된 전쟁을 할 수 있을 리 없다.

이현은 자신이 해야 할 일이 무엇인지 너무나 잘 알고 있었다.

"말해! 누군지. 내가 족쳐야 할 놈이!"

적을 족치기 전에 일단 아군부터 족쳐 놔야 했다.

*　　　*　　　*

황실이라는 거대한 적을 상대하기 위해서는 정사마의 통합이 이루어져야 한다는 건 옥분도 동의하는 내용이다.

그래서 무림맹을 정복할 때도 최대한 평화적인 방법을 동원해야 한다고 이현을 들들 볶지 않았던가. 다 이런 날을 위해서였다.

통합을 위한 방법도 생각해 뒀다. 바로 비무 대회다.

정사마를 막론한 비무 대회를 통해 통합과 단결을 유도하려고 했다.

무림에서 무슨 맹이니, 회이니, 련이니 하면서 거대 단체를만들 때마다 괜히 대대적인 비무 대회를 개최하는 것이 아니었으니까.

비무 대회를 통해 자연스럽게 소속된 문파 간의 서열을 정리하고, 앞으로의 체제를 구축하는 계획을 그린다.

그것이 옥분이 생각한 방법이다.

평화적이고, 또 무난하다.

하지만.

이현의 생각은 좀 다른 듯했다.

정사마의 통합이 필요하다는 데에는 생각이 같았으나, 그 수단과 방법에 있어서는 옥분이 생각한 그것과 거리가 있는 것이 분명했다. 그 거리는 약 천 리쯤?

"주, 죽이실 건 아니시지요?"

이현을 바라보던 옥분이 결국 불안을 참지 못하고 물었다.

"어지간하면 살려야지. 살려 놔야 고기 방패로라도 써먹을 수 있을 테니까."

대수롭지 않게 대답한 이현이었지만, 옥분의 시선은 여전히 멈출 줄 모르는 이현의 손에 머물러 불안하게 떨리고 있었다.

이현의 손은 바빴다.

어디서 구해 왔는지 장정 팔뚝만 한 굵기의 나무토막을 매만지고 있었다. 끝에 손잡이가 될 것으로 추정되는 부분엔 열심히 비단보를 휘감는다.

비무 대회라는 옥분이 생각한 평화적이고도 무난한 통합

방법과는 사뭇 거리가 있는 모습이다.

무엇보다.

"안 죽이시겠다는 분이 왜 이렇게 살기를 풀풀 흘리십니까?"

방 안은 이미 이현의 몸에서 흘러나온 살기로 가득하다.

가만히 있는데도 솜털이 곤두선다.

날카롭다. 집요하다. 음울하다. 서늘하다.

무엇 하나로 정의하기 어려울 만큼 복잡한 기운을 내포한 살기는 이현의 곁을 지켜 온 옥분으로서도 처음 겪어 보는 종류의 살기였다.

차라리 이전에 이현이 내뿜던 금방이라도 터질 것처럼 활화산 같은 살기가 그리워질 지경이다.

그런 진득한 살기를 내뿜고 있으면서도 죽이지 않는단다.

차라리 건어물 가게 고양이를 믿을 일이었다.

그런 옥분의 지적에.

"아! 이건 가끔 나도 모르게 나오는 거라. 신경 쓰지 마. 신경 안 써도 돼."

이현은 이번에도 대수롭지 않게 답했다.

하지만 신경 쓰인다. 그것도 몹시!

"주, 죽이시진 마십시오! 아니, 죽이실 거면 그래도 한 번은 더 생각해 보십시오! 아니다! 한 번 더 생각하는 것도 바라진 않습니다! 그냥 죽이십시오! 대신, 죽이실 거면 확실하게 죽이십시오! 잔인하게!"

그래서 작전을 바꿨다.

죽이지 말란다고 안 죽일 이현이 아니다. 옥분이 죽이기 전에 한 번 더 생각해 달란다고 생각할 인간도 아니다.

죽이고 싶으면 남들이 뭐라 하든 죽이고, 두 번은커녕 한 번도 생각하지 않는 게 이현이다.

죽은 청수진인이 살아 돌아온다면 모를까, 옥분의 말발로는 어림도 없는 일이다.

그러니.

"확실히 죽이십시오! 잔인하게! 누가 봐도 이놈 미친놈이다 싶게! 그래야 딴 놈들이 엄한 생각 안합니다! 아시겠습니까?"

그래서 이현 친화적인 방법을 제시했다.

이왕 살릴 수 없다면, 차라리 확실하게 죽여 본보기로 삼아 버리는 편이 났다.

옥분이 생각하는 평화적이고 무난한 방법과는 어떠한 교차점도 찾아볼 수 없을 만큼 머나먼 결과였지만, 어쩔 수 있겠는가.

어차피 뭐라고 해도 저지를 이현이라면, 그런 이현의 행동을 통해 뽑아낼 수 있는 건 최대한 뽑아내야 한다.

그것이 옥분의 일이기도 했고.

마음을 바꾸고 적극적으로 이현의 살육을 권장하는 옥분의 모습에 이현이 피식 웃음을 흘렸다.

툭툭.

그리고 옥분의 어깨를 두드린다.

"걱정하지 마! 머릿수 하나가 아쉬운 판국에 죽이긴 왜 죽여? 안 죽인다. 안 죽여!"

스윽.

이현이 자리에서 일어났다.

오른손에는 좀 전에 이현이 직접 수작업으로 만든 몽둥이가 쥐어진 상태다.

"그러지 말고 그냥 죽이십시오! 깔끔하게! 누구는 살려 주고 누구는 안 살려 주고 그러면 더 골치 아파진다니까요?"

"아! 안 죽인다고!"

여전히 이현을 향한 불신을 떨치지 못하고 살육을 권장하는 옥분의 말에도 이현은 끝까지 죽이지 않을 거라고 고성을 내질렀다.

텅.

그렇게 문이 닫혔다.

"……그래도 안 죽이신다고 하셨으니……."

닫힌 문을 바라보며 옥분은 혹시나 하는 기대를 가졌다.

죽일 거면 확실하게 죽이라고는 했지만, 그래도 안 죽이는 편이 났다. 어차피 이제 곧 함께 등을 맞대고 황태자와 싸워야 하는 입장이 아닌가.

좋은 게 좋은 거니까.

그러니까 이현이 했던 호언장담처럼 아무도 죽이지 않고 일이 끝나기를 기대했다.

*　　　*　　　*

이현이 본인의 말을 지키길 간절히 기대하는 옥분의 바람이 채 하늘에 닿기도 전에.

이현의 발걸음은 사도련 내 정파 무리들이 머물고 있는 곳. 그중에서도 북궁세가의 무인들이 머무는 곳을 향하고 있었다.

덜컥!

그중 가장 큰 방 앞에 도착한 이현은 망설임 없이 문을 열어 젖혔다.

인기척을 낸다거나, 아니면 본인이 왔음을 문밖에서 미리 알린다거나 하는 기본적은 예의범절은 깔끔하게 건너뛴 행동이었다.

"누, 누구요!"

예의 없는 손님이 찾아왔으니 방 주인의 입장에서는 불쾌할 수밖에 없는 일이었다.

아무리 제집이 아닌, 얹혀사는 객인 처지라 해도 그 불쾌함이 사라지는 건 아니다.

놀란 목소리에는 당연히 그 불쾌감이 고스란히 담겨 있었다.

그러나 이내 예의 없는 손님이 이현이라는 것을 확인한 뒤에는.

"아! 련주셨소? 언제 오신 것이오? 이리 들어오시지요. 곧 차를 준비하리다!"

얼굴 가득했던 불쾌감이라는 감정을 지워 버리고 이현을 맞이할 준비를 했다.

자리에서 일어나 손수 이현이 앉을 자리를 안내하려 한다.

이래서 집주인이 무서운 거다.

아무리 아니꼽고 더러워도 집주인에게 대들었다가는 엄동설한에 쫓겨날지도 모른다.

하물며 그 집주인이 성격 더럽기로 유명한 이현이라면 두말할 나위도 없다.

하지만 그런 친절에도.

"네가 북궁세가 가주냐?"

이현은 전혀 화답하지 않았다.

삐딱하게 모로 꼰 고개. 어깨에 척 걸친 두툼한 두께의 몽둥이.

껄렁껄렁하고 불량하기 짝이 없는 자세다.

이현이 옥분에게 듣기로는 눈앞의 이 북궁가주가 사마와 대립하고 있는 대표적인 정파 인물 중 하나라고 했었다.

"그, 그렇소만?"

이현이 쳐들어간 방의 주인. 아니, 북궁가주는 그런 이현의 물음에 얼떨떨한 얼굴로 고개를 끄덕였다.

그래도 무림의 배분상으로는 청성진인과 같은 배분인 그가 언제 이렇게 새파란 어린놈에게 건방진 말을 들을 것이라 상상이나 했겠는가.

그래서 얼떨결에 대답해 버린 것이다.

그러니 이제 분노할 차례다.

아무리 집주인이고 무당신마라 할지라도 무림의 법도가 있는 법이니 당연히 북궁가주의 입장에서는 얼마든지 화를 낼 수 있는 상황이었으니까.

하지만.

화낼 겨를도 없었다.

빠악!

그보다 이현이 손에 쥔 몽둥이를 휘두른 것이 먼저였으니까.

정통으로 머리를 맞았다.

이건 숫제 죽이겠다는 의미다.

"아! 미안! 죽일 생각은 없었는데…… 안 죽었지? 그럼 일단 맞자!"

무방비한 상대의 머리를 가격했음에도 죽일 생각이 없단다. 그러나 그 보다 억울한 건 다짜고짜 이어지는 후속타다.

"왜, 왜 그러는 거요! 말로 하십시다! 말로!"

엉겁결에 받은 기습. 거기다 혜광의 구타를 몸소 깨우치며 터득한 이현의 구타술이 더해지자 북궁가주는 도저히 대처할 수가 없었다.

하물며 대화로 풀자는데 들어주지도 않는다.

"끄아아아악!"

도저히 구타에서 벗어날 방법을 찾지 못한 북궁가주의 구슬픈 비명이 길게 울려 퍼졌다.

이현이 사도련에 복귀했음을 알리는 신호탄이었다.

＊　　　＊　　　＊

그 시각 잠시나마 죽이지는 않겠다는 이현의 말에 간절히 기대했던 옥분은.

"끄아아아악!"

잠시 뒤 문밖 저 멀리서 들려오는 비명 소리에 잠시 잠깐

가졌던 본인의 허황된 기대를 깔끔하게 포기했다.

그리고.

"죽이십시오! 아주 다 죽이십시오! 확실하게 죽이시라 이 말입니다! 괜히 어설프게 숨 붙여 두고, 누구는 죽이고 누군 안 죽이고 그러지 마시고요! 두 번 다시 못 개기게 확실히 조져 놓으십시오!"

이현의 깔끔한 학살을 소원했다.

第十章

얼마만의 일인지 모른다. 아니, 어쩌면 처음일지도 모른다.

옥분이 이현의 학살을 이렇게 쌍수 들고 지지하는 일은.

이현이 하는 일에 옥분이 이처럼 열렬히 응원한 일은.

그런 옥분의 지지를 등에 업은 이현은.

열심히 박을 깨고 돌아다녔다.

대화는 없었다. 물론, 아주 없는 건 아니다. 필요한 최소한의 대화. 예를 들면 신분을 물어 팰 놈인지 안 팰 놈인지 분간하는 정도의 대화만 있었을 뿐이다. 그 밖의 대화는 일절 없었다. 이조차도 대화라기보다는 문답에 가까웠다.

그러니 그들로서도 자신이 왜 다짜고짜 찾아온 이현에게

몽둥이찜질을 당해야 하는지 이유를 알 턱이 없다.

피해자는 맞는 이유를 모르고, 가해자는 말이 없으니 타협이 있을 리도 없다.

그저 이름만 물어보고 팰 놈이 맞으면 그대로 머리를 쪼갠다.

뻑!

"으아아악!"

빠악!

"끄아아아악!"

련 내를 울리는 시원한 타격음과 함께, 찢어지는 비명이 줄이어 터져 나왔다.

"꿈틀거리지 마라! 나도 모르게 죽여 버릴 수도 있으니까!"

그것도 모자라 이현은 자신이 두드려 팬 대상들을 질질 끌고 돌아다녔다. 여유를 주면 안 된다. 몰아칠 때 확실히 몰아쳐야 한다. 안 그러면 튀는 놈도 생기고, 괜한 반항심을 갖는 놈도 생긴다.

일단 패기 시작했으면 혼을 빼놓아야 했다.

속전속결이다.

"……"

은은한 살기가 담긴 이현의 협박에 새끼줄에 엮인 굴비마냥 포승줄에 엮인 채 줄줄이 끌려오던 이들이 꿈틀거림을 멈추었다. 더불어 간간이 흘러나오던 신음 소리도 멈추었다.

츠윽! 치익!

이현이 지나간 바닥에 긴 핏자국이 남았다.

그럼에도 이현은 아직 모자랐는지 살기로 번들거리는 눈으로 주위를 훑었다.

많기도 많다. 잠깐 자리 비웠다고 엎혀사는 주제에 생난리를 떨어 댄 인간이 왜 어떻게 이렇게 많은지 이현도 궁금할 지경이다.

얼추 십여 명을 족쳤으니, 이제 넷 정도 남았다.

빠르게 한다고 했는데도 이미 매타작을 시작한 지 제법 시간이 흘렀다. 그러니, 눈치채고 도망치는 놈이 있을지도 모른다.

물론, 도망친다고 '안녕히 가세요.' 하고 보내 줄 생각은 추호도 없었다.

이제 사도련은 이현의 집이나 마찬가지다. 내 집에서 분탕질 친 놈을 곱게 보내 줄 만큼 이현은 인심 후덕한 집주인이 아니었다.

그러니 혹여나 무리들 속에 섞여 도망치는 놈이 있는지 없는지 잘 감시해야 했다.

"거기 너! 그래. 너 인마! 이리 와 봐!"

날카로운 시선으로 주위를 훑던 이현이 문득 한 명을 지목해 손가락을 까딱거렸다.

이현이 지목한 자는 젊은 사내였다. 왼쪽 가슴 윗편에 박힌
사(私)자는 사도련의 식구임을 의미하고 있었다.

갑작스러운 이현의 지목에.

"저, 저 말씀이십니까?"

사내가 긴장했다. 얼굴에 식은땀이 주르륵 흘러내린다.

그런 사내의 대답에 이현이 고개를 끄덕였다.

"그래 너 말이야! 너! 이름이 뭐야?"

이현이 물었다.

"겨, 경재인데요? 궈, 권경재. 사도련 외련 검무당 소속으
로……."

사내는 당황한 와중에도 친절했다. 고작 이름 하나 물었는
데 친절하게 소속까지 다 이야기해 준다.

대충 알 만은 했다. 갑자기 여기저기서 곡소리가 터져 나오
니 구경 나왔을 것이다. 그러다 졸지에 이현에게 지목을 당했
으니 혹여나 얽혀서 곡소리 내는 신세로 전락할까 봐 그런 것
이리라.

아마 이현이 말을 자르지 않았더라면, 나이는 물론 가족 관
계와 재산 규모. 하다못해 이상형까지 이야기할 태세다.

"너 우리 쪽인 건 알고 있으니까 잡소리 치우고!"

구구절절한 설명을 들어 줄 만큼 인내심 많은 사람이 아닌

이현은, 사내의 말을 잘랐다.

어차피 이름과 신분을 몰라서 그렇지 정파인지, 사파인지. 아니면 마도인지는 느껴지는 기운으로도 대충 알 수 있다. 심지어 남자는 가슴팍에 사도련이라는 증거를 붙이고 있지 않은가.

이미 지목했을 때부터 사내가 사파에 소속된 인간임은 알고 있었다.

애초에 용건은 따로 있었다.

"옥분이한테 가서 전해! 애들 다 모으라고!"

"예, 예!"

이름까지 물어봤으니 사내는 어떻게든 제게 떨어진 명령을 완수할 것이다.

사내가 죽다 살아난 표정으로 고개를 끄덕였다. 그러고는 혹시나 이현의 마음이 변할까 싶어 부리나케 달려 나갔다.

"자! 그럼 다음은 흑수수라방(黑手修羅幇)."

그 뒷모습을 바라보던 이현이 다시 고개를 휙 돌렸다.

사도련 내에서 분란을 일으켰던 각 대표들을 질질 끌며 또다시 희생자를 찾아 나섰다.

퍽!

"끄어어억!"

그리고 잠시 뒤.

사도련에는 네 번의 비명 소리가 더 이어졌다.

＊　　＊　　＊

연무장은 이미 피투성이였다.

정과 마. 사도련 내에서 분란을 일으킨 열네 명 범인들의 머리통을 후려치고, 두드려 패기까지 해 놓고는 그것도 모자랐나 보다.

사도련 내 분란의 주범 열넷을 연무장으로 끌고 가 다시 흠씬 두들겨 팼다.

그리고 그 모습을 사도련에 있는 정파인과 마인들이 모여 지켜보고 있었다.

명색에 한 문파의 수장들이다. 그런 이들을 두들겨 패고 있으니 무림맹이었다면 난리가 나도 크게 났을 일이다.

당장 지금 두드려 맞고 있는 이들이 이끄는 각 문파에서 들고 일어나고도 남았다.

하지만 여기는 사도련이다.

그리고 이현은 이 사도련의 주인이다.

사도련의 안방에서, 사도련의 무사들이 주위를 겹겹이 에워싸고 있는 중이다. 심지어 자꾸 더 몰려들고 있었다.

그러니 누구도 함부로 불만을 입에 담지 못했다.

까딱 잘못했다가는 문주가 아니라 문파가 날아갈 판이었으니까.

더불어 거기에는 무림맹을 무너트렸던 이현의 무위와, 이미 유명한 성질 머리가 한몫했음은 부정할 수 없는 사실이다.

꿀꺽!

"……꿀꺽!"

사도련 중심에서 벌어지고 있는 잔인한 구타의 현장에 누구도 입을 열지 못한 채 마른침만 삼키고 있었다.

단.

어디에도 예외는 있는 법이다.

"왜요? 아주 걸레 쪼가리로 만들어 놨는데. 저렇게 살려 둬 봐야 뭐합니까? 그냥 죽이시지요? 깔끔하게!"

옥분이었다.

이현은 자신의 말을 지켰다.

비록 피 칠갑을 하고, 온몸이 상처투성이가 되었지만, 어쨌든 살려는 두고 있었다.

열네 명 모두.

물론, 타인의 눈에 비치기에는 이미 반 시체 상태나 다름없었지만 말이다.

그리고 옥분은 여전히 깔끔하게 죽이기를 적극 권장하고 있었다.

자존심이 강한 무림인이다. 특히나 한 문파의 장(長)이라면 그야말로 자존심으로 먹고 사는 인간들이다. 평소에는 목에 힘 빡 주고 지내던 인간들이 모두가 보는 앞에서 매타작을 당했으니 그 짓뭉개진 자존심이야 어떻겠는가.

어디 누구 안 보는 데에서 두드려 팼으면 모를까. 아니, 패려면 적당히 팼으면 모를까.

남들 다 봤고, 맞은 당사자들은 이미 걸레 쪼가리나 다름없는 넝마 신세다. 이래서는 고기 방패로나마 써먹을 수 있을까 의심스러울 정도다.

그러니 차라리 이럴 때에는 깔끔하게 죽여 버리는 편이 후환도 남기지 않고 좋다는 것이 옥분의 생각이었다.

하지만.

"왜! 보기만 이렇다니까? 어디 한 군데 부러트리지도 않았고, 근맥을 끊어 놓지도 않았는데 왜 죽여? 이거 며칠 있으면 깔끔하게 회복하고 일어난다! 내가 이것들 안 죽이려고 얼마나 신경 썼는데!"

이현의 입장에서는 달랐다.

정말 맞은 놈들 중 어디 한 군데 부러진 놈은 없다. 근맥도 멀쩡하다. 겉으로 보기에만 피투성이고, 맞는 놈은 차라리 죽는 게 낫다 싶을 만큼 고통스럽겠지만 그럼에도 실상 뜯어보면 크게 몸이 상한 데는 없다.

이것이 다 혜광에게 맞으면서 터득한 이현의 구타술이다.

그렇게 기껏 건강한 구타를 베풀어 주고 있건만, 옆에서 자꾸만 죽이라고 하니 짜증 날 수밖에 없다.

"그러는 분이 왜 이렇게 사혈만 고집해서 패십니까?"

그럼에도 옥분은 쉬지 않고 깐죽거렸다.

이현의 몽둥이가 가격하는 부위 모두 사혈이 포함된 자리다. 조금만 잘못 치면 그냥 그 자리에서 '꺽!' 하고 숨넘어가는 곳을 집중적으로 구타하고 있으니 옥분의 말도 마냥 틀린건 아니다.

이건 이현도 부정할 수 없다.

"아! 이건 나도 모르게. 그리고 이게 무슨 상관이야!"

살려 두겠다는 목적만 부합하면 사혈을 치든 수혈을 치든 무슨 상관인가.

어디를 쳤든 일단 살았으면 그걸로 되었다.

그것이 이현의 주장이었다.

그렇게 두 사람이 투닥거리고 있을 때.

갑자기 주위에 사람이 늘어났다.

"허억! 려, 련주!"

이현의 소집령을 듣고 뒤늦게 몰려든 사도련에 속한 사파무인들이다.

이현이 없는 동안.

사도련에 속한 무인들의 불만은 많았다. 그건 수구방주도 예외는 아니다.

이미 정사대전에서 패한. 그것도 황태자군이 무서워 도망쳐 온 주제에 뻣뻣하게 굴어 대는 정파나, 이젠 명맥만 간신히 유지하고 있는 주제에 온갖 무게는 다 잡아 대는 마도까지.

그들이 설쳐 대는 꼴을 지켜봐야 하는데 불만이 없을 수가 없다.

하물며.

그들이 입고 먹고 자는 모든 비용이 본인의 주머니에서 나가는 돈이라면 더더욱 꼴 보기 싫을 수밖에 없다.

부딪치기도 많이 부딪쳤고 으르렁거리기도 많이 으르렁거렸다.

임시 사도련주 대행인 옥분이 중재를 하지 않았더라면 사달이 나도 예전에 났을 것이다.

그런데.

이현의 소집령을 듣고 달려온 사도련 내에는.

앞장서서 난장을 피워 대던 주동자들이 피떡이 된 채 널브러져 있었다.

수구방주는 처음으로 황태자군에게 감사했다. 황태자군이 남하를 시작한 탓에, 주력을 사도련 인근으로 이동시키지 않았더라면 이 신나는 현장을 직접 볼 기회는 없었을 테니까.

"허억! 려, 련주!"

처음에는 놀랐고.

"역시 련주십니다!"

다음에는 감탄했다. 아니, 감격했다.

'련주님께서 직접 저 주제도 모르는 것들을 징벌하시는구나!'

그건 그만의 감상이 아니었다.

함께 온 요도문주나 다른 사파문파의 주인들 또한 수구방주와 같은 표정이었다.

이제 정파 놈과 마도 놈들이 설쳐 대는 꼴을 보지 않아도된다. 알게 모르게 당한 무시나, 비난도 더 이상 없을 것이다.

왜?

이현이 있으니까.

무당신마. 아니, 사도련주가 직접 사파의 손을 확실히 들어주었으니, 아무리 정파 놈들과 마도 놈들이라도 더는 되지도않는 알량한 자존심 따위는 세울 수 없을 것이리라.

그렇게 믿었다.

헌데.

"오! 왔네? 이제 거의 다 모인 건가?"

어째 이현의 목소리가 이상하다.

삐딱하게 꼰 고개는 물론이고, 어깨에 척 하고 걸친 피 묻은 몽둥이까지.

왜인지 호의적으로 느껴지지 않는다.

그리고.

퍼억!

조금 전까지 옆에 있던 요도문주가 날아갔다.

"니들도 좀 맞자!"

언제 휘둘렀는지도 모를 몽둥이로 요도문주를 날려 버린 이현이 삐죽 송곳니를 드러내며 웃었다.

다짜고짜 맞았다.

수구방주의 입장에서는 당황스러울 수밖에 없는 상황이었다.

"왜, 왜?"

의문이 터져 나왔다.

그 의문에.

그래도 사파 무인들을 이끄는 사도련주라고 이현이 친절히 설명까지 덧붙여 줬다.

정파나 마도의 무인들에게는 찾아볼 수 없는 친절이었다.

"이것들이 사도련에서 지랄 떨어 대는 데 니들은 뭐했어! 니들이 물렁하게 했으니까 이것들이 개기는 거 아냐!"

물론, 이현이 베푼 설명이 새로운 구타 대상이 된 당사자들에게까지 친절로 느껴졌는지는 미지수였다.

"그러니까 좀 맞자!"

이현이 몸을 날렸다.

한차례 끝나가던 비명성이 다시 울려 퍼지기 시작했다.

*   *   *

이현은 사도련 내에서 난장을 벌인 정파와 마도의 열네 명 주동자들은 물론, 사파의 수장들까지 제압했다.

그리고 그 뒤.

이미 초주검이 되어 있는 그들에게 이른 바 '대가리 박기'라는 벌을 내렸다.

그리고 잠시.

중앙 연무장에서 자리를 비웠다.

"……내게 그 일을 맡기겠단 말인가?"

이현이 연무장을 비우고 찾은 곳은 팽호세의 처소였다.

처소에는 도왕과 이현뿐만 아니라, 무당파 장문인 청성진 인까지 함께 자리하고 있었다.

도왕의 반문에 이현이 고개를 끄덕였다.

"어차피 무림은 힘 센 놈이 장땡 아닙니까. 뭐, 달리 시킬 사람도 없고요."

"흠……!"

이현의 대답에 팽호세는 작은 신음을 흘렸다.

달콤한 제안이었다. 고맙기도 했다. 그러나 한편으로는 걱정되는 것이 사실이다.

이현의 제안을 날름 받아들이기에는 걸리는 것이 너무 많았으니까. 자칫 잘못하면 그는 물론, 이현과 무림 전체가 몰살당할지도 모를 일이다.

"괜찮겠나? 현재 내 위치는……."

"달리 시킬 사람도 없습니다. 아니면? 장문인께서 하시겠습니까?"

망설이는 도왕의 태도에 이현의 화살이 청성진인을 향했다.

"허허! 나는 그만한 그릇이 되지 않음을 알지 않느냐."

청성진인은 웃으며 고개를 가로저었다.

거절의 뜻이다.

도왕은 망설이고, 청성진인은 거절했다. 그렇다면 이현이 내릴 수 있는 결론은 하나다.

"그럼 어쩔 수 없죠. 괜히 욕심 부렸다가는 이도 저도 안 됩니다. 그럴 바에야 그냥 깔끔하게 다 죽여 버리죠. 뭐!"

"주, 죽이다니! 그게 무슨 말인가!"

무심한 이현의 대답에 놀란 도왕이 눈을 부릅떴다.

"어쩌겠습니까. 아니면 귀찮기만 한데. 도왕께서도 안 하신다고 하고."

이현은 태연했다.

하지만 도왕마저 태연할 수는 없었다.

"그럼 저는 이만……!"

덥석!

도왕은 미련 없이 자리를 털고 일어서려는 이현의 손을 급히 잡았다.

그리고 쫓기듯 말했다.

"하, 하겠네! 하지! 하게 해 주시게!"

그렇게 도왕이 이현의 제안을 받아들였다.

*　　　*　　　*

이현이 다시 중앙 연무장으로 돌아왔다.

연무장에는 정사마를 막론한 분란의 주인공들이 머리를 박고 있었다.

도왕과 이야기를 나눈 시간이 제법 되었나 보다.

이미 초주검이 되었던 분란의 주동자들의 입에서 간간히 신음이 흘러나오는 것을 보면 말이다.

이현의 시선은 연무장 바닥에 머리를 박고 있는 그들의 뒤통수를 쓱 훑었다.

그리고.

"기상!"

짧게 말했다.

그리 큰 목소리도 아니었건만, 이현의 입에서 나온 '기상'이라는 한 마디를 놓치는 사람은 없었다.

그들이 간절히 원하던 말이었으니까.

처처처척!

"기, 기상!"

이현의 한 마디에 정사마를 막론한 무인들이 일사불란하게 한 몸처럼 반응했다.

복명복창을 하는 목소리도, 빠릿빠릿한 행동도.

모르는 사람이 보면 잘 훈련된 군병들이라 착각할 정도다.

저벅. 저벅.

이현은 그들 사이로 걸어 들어갔다.

묘한 긴장감이 감도는 연무장 내에서는 그런 이현의 발걸음 소리는 천둥처럼 크게 울려 퍼졌다.

그리고.

"으, 으읍!"

"어, 어엇!"

동시에 여기저기서 당황한 음성이 퍼져 나온다.

걸음을 옮기는 이현을 중심으로 가장 가까운 데에서부터,

먼 곳으로.

마치 호수에 인 파문처럼 동심원을 그리며.

사람이 떠올랐다.

허공에 보이지 않는 손이 멱살을 잡고 위로 잡아당기듯 하나둘 몸이 떠오른다.

목이 옥죄이는지 얼굴이 금세 붉어지고, 벗어나기 위해 발버둥을 쳐 보지만.

달라지는 건 없다.

'허공섭물!'

순간 그들의 뇌리 속으로 공통된 생각이 스쳐 지나갔다.

더불어.

동공이 확장됐다.

무인들의 얼굴은 경악으로 가득 찼다.

이현은 고수다.

허공섭물이라는 경지에 이른 신기는 얼마든지 발휘할 수 있다.

그것이 그들의 생각이다.

하지만.

사물이 아닌 사람을. 그것도 이렇게 많은 인원을 한 번에 띄워 올릴 수 있으리라고는 누구도 상상하지 못한 일이었다.

신기를 넘은 신기다.

그러나 경악도 잠시다.

식은땀이 흐른다. 축축하게 젖은 등을 타고 흘러내린 땀은 둔부와 허벅지를 지나 바닥 위로 투둑하고 떨어졌다.

수많은 이들이 동시에 쏟아 내는 땀방울이다.

연무장 위는 그들이 흘린 땀방울이 빗방울처럼 떨어져 내리고 있었다. 허공에 뜨지 않은 이들의 상태도 크게 다르진 않았다. 보는 것만으로 압도당해 하나같이 굵은 땀을 흘리고 있었다.

"끄으으윽!"

떠오른 이들은 점점 더 고통스러워했다.

발버둥은 더욱 격렬해졌고, 경악으로 확장되었던 동공은 힘을 잃고 서서히 풀리고 있었다. 비교적 무공이 약한 몇몇은 옅은 경련까지 일으켰다.

당연했다.

아직 이현은 허공섭물로 잡아 올린 그들의 목을 놓아주지 않았으니까.

호흡을 박탈당한 그들이 할 수 있는 일은 그저 다가올 죽음을 기다리며 발버둥치는 일이 전부였다.

훌쩍 가까워진 죽음 탓일까.

혼미해지는 정신 속에서도 그들의 귓가로 들려오는 이현의 목소리는 오히려 더욱 또렷하고 강렬해졌다.

"한번만 더 난장 치면 죽어."

이현의 말은 진심이었다.

지금은 필요에 의해 살려 두었을 뿐이다. 그의 앞에서 귀찮게 난장 부리고 분란을 조장하는 것을 살려 두는 건 이번뿐이다. 두 번은 없다.

그땐 정말 죽일 작정이었다.

고기방패든 뭐든.

그런 건 더 이상 신경 쓰지 않을 작정이었다. 한번 참았으면 그것도 많이 참았다.

경고는 끝나지 않았다.

"반항해도 죽어. 내 말에 토 달아도 죽는다. 개기면 당연히 죽인다."

쉬지 않고 경고를 쏟아 냈다.

그리고.

화륵!

이현이 두 눈이 붉고 푸르게 타올랐다. 태극무해심공의 기운을 일으킨 탓이지만, 그 모습은 오히려 연옥에서 올라온 악귀를 연상시켰다.

히쭉.

"진짠지 아닌지 시험해 보고 싶은 놈은 시험해도 좋다. 말리진 않아!"

붉고 푸른 귀화가 타오르는 눈을 한 채 송곳니를 드러내며 웃는 이현의 경고를 끝으로.

털썩!

"컥, 커헉!"

"쿨럭!"

동시에 허공에 매달린 채 발버둥치던 이들이 연무장 바닥으로 떨어져 내렸다.

다시 되찾은 호흡에 몸을 주체하지 못하는 그들을 내려 보던 이현은 이내 시선을 돌렸다.

이제 경고는 끝났다.

언제까지 이 경고를 지키려 할지는 모르겠지만, 그건 그가 상관할 바가 아니었다. 경고는 했다. 어긴다면 그땐 정말 죽여 버리면 그만이다.

그러니 이젠 경고가 아닌 명령을 할 때였다.

"정파와 마도를 합친다."

아무리 정파와 마도의 무림인들이 합류했다고 하더라도 지금 사도련의 절대 다수를 차지하는 것은 사파의 무인들이다.

셋 다 사이가 좋지 않다. 셋 모두 한 뭉텅이로 묶어 놓아 봐야 좋을 것도 없다.

그럴 바에야 차라리 나누는 것이 낫다.

정파와 마도를 하나로 합치고, 사파는 그들과 분리한다.

물론, 그러기 위해서는 새로운 명령 체계가 필요했다.

"소개하지. 앞으로 정파와 마도를 담당할 분이다."

그리고 정파와 마도를 총괄할 책임자가 필요했다.

소개를 마친 이현의 시선이 연무장 입구를 향해 돌아갔다.

더불어.

마인들과 정파인들의 시선 역시 이현의 시선을 쫓았다.

그곳에.

"안녕하신가. 도왕 팽호세라 하네."

도왕 팽호세가 어색한 표정으로 서 있었다.

*　　　*　　　*

정파와 마도를 관리하고 지휘하는 총 책임자로 도왕을 앉혔다. 더불어 이현은 사파의 무인들을 총책임하는 자리에 산적왕 양자호를 지목했다.

이렇게 되니 실질적으로 이현이 직속으로 운영할 수 있는 이들의 숫자는 오히려, 양자호와 팽호세보다 훨씬 줄어들 수밖에 없었다.

그럼에도 이현은 자신의 생각을 강행했다.

옥분과 호설귀가 거기에 걸맞은 체제를 새로 구축했다.

여기까지는 좋았다.

단순무식한 이현의 머리에서 나왔음이 확실한 단순 명료한 지휘 체계였지만, 옥분도 전시에는 이런 단순한 지휘 체계가 효율적이라고 보고 있었다.

다만 문제는.

그렇게 조직과 체제를 개편한 이후의 이현의 행동이었다.

무지막지하게 굴렸다.

훈련이란 명목 하에 이루어지는 이현의 갈굼은, 이러다 황태자군과 전쟁을 치르기도 전에 탈진해 버리는 것이 아닐까 싶을 만큼 가혹했다. 어쩌면 차라리 고문이라는 표현이 맞을 것이다.

그나마 팽호세와 양자호가 눈치껏 유도리를 발휘하지 않았더라면, 정말 퍼져도 일찌감치 퍼졌을 일이다.

당연히 무인들의 불만은 높아져 갔다. 강압적으로 제압한 것도 모자라, 지나친 훈련까지 더해지니 이현에 대한 평가가 좋을 리 만무했다.

옥분의 불만은 그것이다.

이대로 가다가는 싸워 보기도 전에 이현에 대한 불만이 터져 버릴 지도 몰랐으니까.

그러면 끝이다.

아무리 이현이라도 따라주는 이가 없으면 황태자군을 상대로 싸우는 건 불가능하다.

그래서 이야기했다. 숨김없이 옥분이 걱정하고 있는 것이 무엇인지 확실하게.

하지만.

돌아오는 이현의 대답에 옥분은 입을 다물 수밖에 없었다.

"그러라고 하는 거야. 원망은 내가 받으면 그만이다. 원망이 내게 집중되면 집중될수록, 자신들을 비호하는 지휘관들에 대한 불만은 줄어들 테니까."

이현답지 않은 대답이었다.

그리고 옥분도 거기에 대해서는 부정할 수 없었다.

사실이었다.

사파인들의 입장에서는 아무리 십대고수라고 해도 그들과는 보이지 않는 경계가 존재했던 산적들의 왕인 산적왕 양자호의 말을 그대로 따라야 한다는 데에 불만이 없을 수가 없었다.

정파와 마도의 입장에서는 더욱 심했다. 무림맹이 무너질 때 이현의 손을 들어 주었던 도왕이다. 정파의 입장에서는 배신자고, 마도의 입장에서는 적이었던 이다.

그런 그들이 도왕의 명령을 곧이곧대로 따른다는 건 불가능에 가깝다.

그러나 그 불가능이 가능이 되었다. 불만이 호의가 되었다.

이현의 가혹한 명령들이 더해질수록, 그 안에서 그들을 배려하는 도왕과 산적왕의 행동은 오히려 더욱 빛을 발할 수밖에 없었으니까.

도왕과 산적왕.

그건 이현이 그 두 사람을 각각의 책임자로 내정했을 때부터 이미 이야기된 것이다.

약속된 거짓말인 셈이다.

"……이제 철이 좀 드신 겁니까?"

옥분의 입장에서는 감탄할 일이었다.

이현이 이런 깊은 생각을 할 수 있다는 것 자체가 그에게는 놀라운 일이었으니까.

하지만.

"뒤질래?"

그런 옥분을 향해 주먹을 들어 보이는 이현에게 이번 일은 당연한 행동이었다.

아무리 날로 먹었다고 해도 그래도 혈천신마였던 이현이다. 중원 무림을 통일한 역사상 전무후무한 강자다.

전투와 전쟁의 연속 속에서 평생을 살아 왔었다.

일자무식에 단순하고 저돌적이며 지랄 맞은 성격을 자랑하는 이현이라지만 최소한 이 정도 생각할 능력은 없었다.

귀찮아서 안 했을 뿐이지.

어쨌든 이로서 옥분의 걱정은 사라졌다.

하지만 두 사람의 대화는 아직 끝난 것이 아니다.

"강남에서 황태자군을 조져도 강북으로 진출할 수 없다니? 왜 그런 거야?"

이현 또한 묻고 싶은 것이 있었으니까.

옥분이 보고했다.

강남에서 전쟁을 벌여 승리한다고 하더라도, 강북을 향하는 건 불가능하다고. 황태자를 죽이는 일은 더더욱 불가능한 일이라고.

황태자 하나 죽이겠다고 전쟁을 준비해 온 이현의 입장에서는 절대로 용납할 수 없는 일이었다.

"장강이 지금 장악당했습니다. 수군은 장강을 장악하고, 해군은 장강을 틀어막았죠. 당연히 수적들은 장강에 얼씬도 할 수 없는 입장이고요! 그러니 강남에서 벌인 전쟁에서 이긴다고 해도 강북으로 건너갈 수 없잖습니까."

장강은 전략적인 요충지다.

무림맹은 힘이 강성했을 때도 장강의 수로채라는 존재 때문에 강남을 넘보기 힘들었다. 반대로, 사도련은 장강을 장악하고 있었기에 손쉽게 강북을 향해 나아갈 수 있었던 것이기도 했다.

옥분이 수로채의 전력을 보존하려 했던 또 다른 이유도 그때문이었다.

그러나 그 장강이 이제 황태자의 손 안에 있다.

황태자도 장강이 이번 전쟁에서 어떤 의미를 갖고 있는지 너무나 잘 알고 있었다. 그리고 절묘하게 장강을 노렸다.

이제 황태자는 정말 말 그대로 강 건너 불구경하면 되는 입장이 되었다.

반대로 무림은 그 불지옥에서 살아남기 위해 발버둥 쳐야 하고.

"이게 다 련주님 때문입니다!"

장강을 빼앗겼는데 옥분이라고 불만이 없을 리가 없다.

아니, 차고 넘쳤다.

특히나 이현을 향한 불만은 사흘밤낮을 꼬박 이야기하고도 남을 지경이었다.

"련주님이 자리만 안 비웠어도 이런 일은 없었을 것 아닙니까! 련주님 때문에 장강도 빼앗기고, 졸지에 앞마당은 불바다 되게 생겼고! 이게 뭡니까 대체! 그러길래 빨리 좀 오시지!"

기회는 이때다 싶어 옥분이 이현을 향해 투덜거렸다.

모두 이현 때문이다.

옥분이 한 투덜거림의 요지는 그것이다.

그러나.

씨익!

"뭐야? 겨우 그거 때문이야?"

듣고 있던 이현은 도리어 피식 웃어 버릴 뿐이다.

"뭐, 별로 어려울 것도 없는 일이네. 가자! 황태자 죽이러!"

장강이 장악당한 이 상황에서.

이현은 너무나도 자신만만하게 황태자를 죽이러 가자고 이야기하고 있었다.

사흘 뒤.

기초적인 조직 훈련과, 병법. 군진 훈련을 마친 무림인들이 출진했다.

그리고 거기서 다시 나흘 뒤.

무림 역사상 최초로 결성된 정사마의 무림인들은 황태자군과의 첫 전투에서 패했다.

*   *   *

"……흠!"

도왕은 신음했다.

평원 반대편에 보이는 황태자군의 깃발은 그 수를 헤아리기조차 버거울 지경이었다.

허리를 곧게 세우고 선 병사들의 자세는 마치 찍어 낸 듯 일정하다. 얼굴을 가리면 분간하기도 힘들 지경이었다.

심지어 숨을 쉬는 모습조차 마치 하나처럼 동일했다.

거기에 반해 도왕의 휘하에 있는 무림군은.

각기 다른 무공. 각기 다른 문파에서 모인 무림인들로 결성된 상황이다. 심지어 정파의 무인도 있고, 마도의 무인도 있다.

어떤 이는 동적인 움직임을 선호하고, 또 어떤 이는 정적인 움직임을 선호한다. 누구는 빠르고, 누구는 느리다. 누군가는 경쾌할 테고, 누군가는 무거울 테다.

그야말로 제각각이다.

군대로 치면 오합지졸이나 다를 바 없다.

그나마 사파로만 구성된 양자호 휘하의 무림인들은 이에 비하면 양호한 편이었지만, 그것도 도찐개찐이다.

어찌 되었든 제대로 된 하나의 군대라 부르기에 모자란 모습인 것은 똑같다.

그래도 벼락치기 하듯 훈련하여 손발을 맞추지 않았더라면, 더더욱 참혹한 꼴이었으리라.

그러니 도왕의 마음이 편할 리 없다.

그렇게 도왕이 신음하고 있을 때였다.

둥!

멀리 황태자군 측에서 북소리가 울려 퍼졌다.

둥! 둥! 두두두두둥!

북소리는 점점 빨라진다. 그리고 점점 더 커진다.

황태자군이 움직이기 시작했다.

그 많은 숫자가 한 번에 밀려드는 모습은 마치 거대한 파도가 밀려드는 듯 아득하기만 하다.

그리고.

펑! 펑! 펑!

벼락 같은 포성이 연이어 울려 퍼졌다. 황태자군 측의 후미에는 검은 연기가 연이어 피어올랐다.

반대로 도왕의 앞에는 쏘아진 포탄이 비처럼 쏟아지고 있었다.

접근할 수 없다.

접근하려거든 쏟아지는 포탄의 비를 뚫고 지나가야 한다. 불가능한 일이다. 사실상 이만한 포격을 뚫고 지나간다는 건 죽음을 의미했다. 설혹 포격을 뚫고 거리를 좁힌다고 한들, 그 뒤에는 또 화살비가 기다리고 있을 것이 분명했다.

이를 모를 도왕이 아니다. 더불어 황태자군의 의도도 명확했다.

무림인이 힘을 발휘할 수 있는 것은 근접전이다. 그것도 난전이 일어나야 가능한 일이다.

황태자군은 그런 근접전을 펼칠 기회조차 주지 않겠다는 것이다. 이대로 대포의 화력을 앞세워 뒤로 밀어내려 할 것이다. 밀어내기를 반복해 더 이상 물러설 곳도 없어졌을 때.

이미 강남의 모든 지역을 황태자군에게 빼앗긴 이후가 되어서야 화력을 앞세워 무림인들을 전멸시키겠다는 작정이다.

단순하지만 강력한 작전이다.

그리고 아무리 천하십대고수 중 한 사람인 도왕이라 할지라도 아무런 손을 쓰지 못할 작전이기도 했다. 물러나면 언제고 진다. 그러나 지금 앞으로 나아갈 수도 없다.

진퇴양난이다.

꽉악!

눈앞에서 쏟아지는 포격을 지켜보던 도왕은 손안에 도를 강하게 움켜잡았다.

그리고 명령했다.

"후퇴하게!"

황태자군은 또다시 전진했고, 무림은 또다시 후퇴했다.

그것은 도왕만의 일이 아니었다. 양자호가 이끄는 사파의 무인들도 오늘 또 한 번 물러설 수밖에 없었다.

십 전 십 패.

열 번을 대치해 한 번도 제대로 된 전투를 치르지도 못한 채 패해야만 했다.

＊　　　＊　　　＊

연전연패다.

하나가 된 무림조차 황실의 대군 앞에서는 무력했다. 그만큼 황군은 파죽지세로 남하를 계속했고, 무림 연합은 패퇴를 반복하면서 복건과 광동 등 남동해 지역으로 밀려나는 수모를 겪어야만 했다.

이에 황실은 무림 연합의 마지막 저항마저 뿌리 뽑기 위해 전군을 해안 지방으로 집결시키는 강수를 두었다.

그리고 그 소식을 들은 이현은.

"캬! 거 참 깽판치기 좋은 날씨다!"

피식!

웃었다.

쏴아아아아!

바다를 가르는 뱃소리가 경쾌하게 울려 퍼졌다. 소금기 섞인 바닷바람은 시원하게 얼굴을 스치고 지나갔다.

저 멀리 천진이 보였다.

황실이 자리 잡은 북경과 고작 닷새밖에 되지 않는 거리에 위치한 항구 도시.

하지만 언제나 위풍당당하게 대군이 결집해 있었을 도시의 부두는 공허하게 비어 있었다.

선수에 선 채 천진의 항구를 바라보던 이현은 문득 중얼거렸다.

본인이 생각해도 어이가 없는 듯했다.

"……사적왕도 써먹을 데가 다 있네."

그렇게 듣기 싫었던 별호.

사적왕.

그런데 그 별호를 이렇게 써먹을 수 있을 거라고 예전에는 상상도 못했었다.

쏴아아아아!

배가 파도를 가른다.

이현의 등 뒤로.

수백 척의 배가 바다를 질주하고 있었다.

황궁을 향한 진격의 시작이었다.

〈다음 권에 계속〉